DIFÍCIL OLVIDO
MAISEY YATES

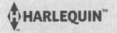

Editado por Harlequin Ibérica.
Una división de HarperCollins Ibérica, S.A.
Núñez de Balboa, 56
28001 Madrid

© 2016 Maisey Yates
© 2017 Harlequin Ibérica, una división de HarperCollins Ibérica, S.A.
Difícil olvido, n.º 2516 - 11.1.17
Título original: Carides's Forgotten Wife
Publicada originalmente por Mills & Boon®, Ltd., Londres.

I.S.B.N.: 978-84-687-9123-4
Depósito legal: M-38427-2016
Impresión en CPI (Barcelona)
Fecha impresion para Argentina: 10.7.17
Distribuidor exclusivo para España: LOGISTA
Distribuidores para México: CODIPLYRSA y Despacho Flores
Distribuidores para Argentina: Interior, DGP, S.A. Alvarado 2118.
Cap. Fed./Buenos Aires y Gran Buenos Aires, VACCARO HNOS.

Prólogo

O TRA fiesta aburrida en medio de una larga su-
cesión de fiestas aburridas», pensaba Leon mientras se alejaba en su coche del ostentoso hotel
del que acababa de salir y se sumergía en el tráfico de las
estrechas calles italianas.

El momento álgido de la tarde había sido también el
más decepcionante, cuando había sido rechazado por la
prometida de Rocco Amari, una mujer preciosa, exótica, morena y con una larga y ondulada melena negra.
Habría sido una magnífica compañía en su cama aquella noche. Desafortunadamente, parecía totalmente en-
tregada a Rocco, como este a ella.

«A cada uno lo suyo», pensó con ironía. Él no veía
ningún atractivo en la monogamia.

La vida era un glorioso buffet de libertinaje. ¿Por
qué habría de ponerse límites?

Aunque se había ido con las manos vacías, había
disfrutado irritando a su rival en los negocios. Eso no
podía negarlo. Y no le encontraba sentido a la vena posesiva de Rocco, aunque también era cierto que él nunca
había experimentado sentimientos especialmente inten-
sos por ninguna mujer, y tal vez por eso no podía enten-
derlo.

Tras girar en una rotonda enfiló la carretera de circunvalación que llevaba fuera de la ciudad para dirigirse a la villa que ocupaba mientras estaba en Italia. Era un lugar muy agradable, rústico y bien situado. Prefería sitios como aquel a un ático de lujo en medio del ajetreado distrito financiero de la ciudad, algo que probablemente entraba en contradicción con otros aspectos de su personalidad. Pero tampoco le había preocupado nunca ser un hombre contradictorio.

Poseía varias propiedades por todo el mundo, aunque ninguna le importaba tanto como la de Connecticut.

Recordar aquella casa, aquel lugar, le hizo pensar en su esposa.

Pero prefería no pensar en Rose en aquellos momentos.

Por algún motivo que se le escapaba, pensar en ella nada más acabar de tratar de llevarse a otra mujer a la cama le hacía sentirse culpable.

Pero aquello tampoco tenía lógica. Era cierto que estaban casados, pero solo en los papeles. Él permitía que Rose hiciera lo que quisiera con su vida y ella le permitía hacer exactamente lo mismo.

A pesar de todo, resultaba fácil distraerse recordando sus grandes y luminosos ojos azules y sentir...

Cuando volvió a centrar su atención en la carretera vio de frente las luces de otro coche.

No hubo tiempo para corregir la trayectoria. No hubo tiempo para reaccionar. Tan solo lo hubo para que se produjera el fuerte impacto.

Y para que la imagen de los ojos azules de Rose se desvaneciera de su mente.

Capítulo 1

DE MOMENTO se encuentra estable –dijo el doctor Castellano.

Rose miró a su marido, tumbado en la cama del hospital, con el pecho y un brazo vendados, los labios hinchados, un feo corte en medio de estos y un pómulo totalmente amoratado.

Parecía... No se parecía nada a Leon Carides. Leon Carides era un hombre intenso, lleno de vida, poderoso, de un carisma innegable, un hombre que despertaba respeto con cada uno de sus movimientos, con cada aliento, que dejaba boquiabiertas a las mujeres, exigiendo con su mera presencia toda su atención y toda su admiración.

Y también era el hombre del que estaba a punto de divorciarse. Pero no podía entregar los papeles del divorcio a un hombre que estaba inconsciente y gravemente herido en la cama de un hospital.

–Es un milagro que haya sobrevivido –añadió el médico.

–Sí –contestó Rose, sintiéndose totalmente vacía–. Un milagro.

Una parte de ella, a la que reprimió de inmediato, pensó que habría sido mucho mejor para él haber muerto en el accidente. Así ella no habría tenido que enfrentarse a nada de todo aquello, a la situación en que se encontraba su unión. O, más bien, su falta de unión.

Pero aunque no pudiera soportar la idea de seguir casada con él, tampoco deseaba que estuviera muerto.

Tragó saliva con esfuerzo y asintió lentamente.

–Gracias al cielo por los milagros. Grandes y pequeños.

–Sí.

–¿Ha despertado en algún momento?

–No. Ya llegó inconsciente. El choque fue muy fuerte y tiene seriamente dañada la cabeza. Muestra actividad cerebral, de manera que aún hay alguna esperanza, pero cuanto más tiempo siga inconsciente menos posibilidades habrá de que se recupere.

–Comprendo.

Rose había tardado veinticuatro horas en llegar de Connecticut a Italia y Leon llevaba inconsciente todo aquel tiempo. Pero había toda clase de historias sobre personas que habían despertado milagrosamente tras haber pasado años inconscientes. Sin duda, aún había esperanza para Leon.

–Si tiene cualquier pregunta, no dude en ponerse en contacto conmigo. No tardará en venir una enfermera, pero, si necesita cualquier cosa, este es mi número –dijo el médico a la vez que le entregaba una tarjeta.

Rose supuso que así eran las cosas cuando se recibía tratamiento especial en un hospital y, por supuesto, Leon iba a recibir un tratamiento especial. Era multimillonario y uno de los hombres de negocios con más éxito del mundo. Aquella clase de cosas siempre resultaban más fáciles para los ricos y poderosos.

–Gracias –dijo mientras se guardaba la tarjeta en el bolso.

El doctor salió y cerró la puerta a sus espaldas. Rose permaneció de pie en medio de la habitación, rodeada por el tenue sonido de las maquinas que monitorizaban el estado de Leon. Comenzó a sentir un creciente pánico mientras observaba la inerme figura de Leon en la cama. Se suponía que un hombre como él no podía tener ese aspecto. Se suponía que no poseía la fragilidad del resto de los seres humanos.

Leon Carides siempre había sido más un dios que un hombre para ella. La clase de hombre con el que había fantaseado en su juventud. Era diez años mayor que ella y había sido el protegido más apreciado y en el que más había confiado su padre desde que ella tenía ocho años. Apenas podía recordar un periodo de su vida en el que Leon no hubiera estado involucrado.

Desenfadado. Con una sonrisa fácil. Siempre amable. Había sabido verla de verdad. Y le había hecho sentir que importaba.

Todo aquello cambió cuando se casaron, por supuesto.

Pero no iba a pensar en su boda en aquellos momentos.

No quería pensar en nada. Quería cerrar los ojos y volver a la rosaleda que había en la propiedad de su familia. Quería sentirse rodeada por la delicada fragancia de la brisa veraniega, sentirse rodeada por ella como si fuera un amistoso brazo que la protegiera de todo aquello. En el hospital todo era demasiado severo, demasiado blanco, demasiado aséptico como para ser un sueño.

Era aplastantemente real, un asalto a sus sentidos.

Se preguntó si habría habido alguien más con Leon

en el coche cuando sufrió el accidente. Si había sido así, nadie lo había mencionado. También se preguntó si habría bebido. Tampoco había mencionado nadie nada al respecto.

Aquella era otra de las ventajas de ser rico. La gente trataba de protegerte con la intención de beneficiarse posteriormente.

Al oír que Leon gemía, volvió rápidamente la mirada hacia la cama. Estaba moviendo la mano, tirando de los diversos cables y tubos a los que estaba conectado.

–Ten cuidado –dijo Rose con suavidad–. Estás conectado a un montón de... aparatos.

No sabía si podía escucharla, si comprendía lo que decía. Leon volvió a moverse y dejó escapar un gruñido.

–¿Te duele algo? –preguntó Rose.

–Soy puro dolor –contestó él con voz ronca, torturada.

Rose experimentó tal alivio al escucharlo que se sintió ligeramente mareada. Hasta aquel momento no se había dado cuenta de lo afectada que se sentía, de lo asustada que estaba.

De lo mucho que le preocupaba Leon.

Aquel sentimiento resultaba totalmente contradictorio con el breve instante en el que había deseado que todo hubiera acabado.

O tal vez no. Tal vez ambos sentimientos estaban más íntimamente conectados de lo que podía parecer.

Porque mientras Leon siguiera allí ella siempre seguiría sintiendo demasiado. Y, si se hubiera ido, al menos su pérdida no habría sido algo que hubiera tenido que elegir ella.

–Probablemente necesitas más analgésicos.

–Entonces, consíguelos –replicó Leon con dureza.

Al parecer, ya estaba dando órdenes, algo muy propio de su carácter. Leon nunca se sentía perdido, siempre sabía qué hacer. Incluso cuando el padre de Rose murió y ella se sintió hundida en un pozo de dolor, él dio un paso adelante y se ocupó de todo.

No la consoló como un marido debería haber consolado a su mujer. Nunca había sido un auténtico marido para ella, al menos en el verdadero sentido de la palabra. Pero se aseguró de que se ocuparan de ella. Se aseguró de que el entierro y todos los aspectos legales del testamento se ejecutaran a la perfección.

Y aquel había sido el motivo por el que, a pesar de todo, a Rose le había parecido correcto permanecer casada con él durante aquellos dos últimos años. Y también era el motivo por el que, aunque significara perderlo todo, había decidido que tenía que dejarlo a toda costa.

Pero dejarlo en aquellas circunstancias no le parecía correcto. Leon no había sido un auténtico marido para ella, pero tampoco la había abandonado cuando lo había necesitado. Ella no podía hacer menos.

—Voy a llamar a una enfermera —dijo mientras tomaba su móvil para enviar un breve mensaje de texto.

Ha despertado.

El mero hecho de poder escribir aquellas palabras le produjo un intenso alivio que no quiso pararse a examinar.

Leon abrió los ojos y empezó a mirar a su alrededor.

—¿No eres una enfermera?

—No —contestó Rose, desconcertada—. Soy Rose.

—¿Rose?

—Sí —el desconcierto de Rose dio paso a una sensación de alarma–. He venido a Italia en cuanto me he enterado de tu accidente.

–¿Estamos en Italia? –preguntó Leon, claramente confundido.

–Sí. ¿Dónde creías que estabas?

Leon arrugó el entrecejo.

–No lo sé.

–Habías venido a Italia a ocuparte de unos negocios –y probablemente a disfrutar de otros placeres, pensó Rose, aunque no pensaba decírselo–. Acababas de salir de una fiesta y chocaste de frente con otro coche que invadió tu carril. Entre otras cosas, has sufrido un fuerte impacto en la cabeza.

–Por eso me siento así –dijo Leon con voz ronca–. Como si el coche hubiera chocado directamente contra mi cabeza.

–Siempre te ha gustado conducir demasiado deprisa, así que no me extraña.

Leon frunció el ceño.

–¿Nos conocemos?

Rose no ocultó su perplejidad al escuchar aquello.

–Por supuesto que nos conocemos. Soy tu esposa.

«Soy tu esposa».

Aquellas tres palabras resonaron en la cabeza de Leon sin que lograra encontrarles ningún sentido. No estaba seguro de recordar... nada. Ni su nombre. Ni quién era. Ni qué. No lograba recordar nada.

–Eres mi esposa –repitió, con la esperanza de que se le aclarara la mente. Pero no se produjo ningún cambio.

–Sí –dijo Rose–. Nos casamos hace dos años.

–¿Nos casamos? –Leon trató de evocar alguna imagen de la boda. Sabía lo que era una boda, pero no sabía cómo se llamaba. Sin embargo, no se podía imaginar a aquella mujer vestida de novia. Su pelo, de un rubio que algunos habrían calificado de desvaído, colgaba lacio en torno a sus hombros. Su figura era menuda y sus ojos demasiado azules y demasiado anchos para su rostro.

«Ojos azules».

Un fuerte destello golpeó la mente de Leon. Sus ojos. Había estado pensando en aquellos ojos justo antes... pero eso era todo lo que podía recordar.

–Sí. Eres mi esposa –dijo, más que nada para probar las palabras. Sabía que eran ciertas, aunque no pudiera recordarlo.

–Bien. Estabas empezando a asustarme –murmuró Rose con voz temblorosa.

–Estoy aquí destrozado, ¿y solo acabas de empezar a asustarte?

–No, pero el hecho de que no parecieras recordarme ha supuesto una dosis extra de miedo.

–Eres mi esposa –repitió Leon–. Y yo soy...

Un intenso silencio se adueñó por unos instantes de la blanca habitación.

–No me recuerdas –dijo Rose, conmocionada–. No me recuerdas y no sabes quién eres.

Leon cerró los ojos y experimentó una punzada de intenso dolor en la parte trasera de las piernas.

–Debo recordar. La alternativa supondría una locura –volvió a mirar a Rose–. Recuerdo tus ojos.

Algo cambió en la expresión de Rose. Se suavizó. Entreabrió sus pálidos labios y sus mejillas recuperaron en parte el color. En aquellos momentos casi parecía bonita. Leon pensó que la primera impresión que había tenido de ella no había sido justa. A fin de cuentas, él yacía en la cama de un hospital y ella debía de haber experimentado una terrible conmoción al enterarse de que había sufrido un grave accidente.

Había dicho que acababa de volar a Italia, pero no sabía de dónde. Pero había viajado para verlo, para estar a su lado. No era de extrañar que estuviera pálida y demacrada.

–¿Recuerdas mis ojos? –repitió Rose.

–Es lo único. Tiene sentido, ¿no te parece? –dijo Leon, porque ella era su esposa. Pero ¿por qué no podía recordar a su esposa?

–Será mejor que haga venir al médico.

–Estoy bien.

–No recuerdas nada. ¿Cómo vas a estar bien?

–No me voy a morir.

–Hace diez minutos, el médico me estaba diciendo que existía la posibilidad de que no llegaras a despertar nunca, así que discúlpame si me siento un poco cautelosa al respecto.

–Estoy despierto. Puedo asumir que los recuerdos irán llegando.

Rose asintió lentamente.

–Sí. Supongo que sí.

Una fuerte llamada a la puerta puntuó el silencio que siguió a sus palabras.

Rose salió de la habitación para hablar con el doctor sintiendo que le daba vueltas la cabeza.

Leon no recordaba nada. «Nada».

El doctor Castellano la miró con expresión seria.

–¿Cómo está su marido, señora Carides?

–Tanner –le corrigió Rose, más por costumbre que por otra cosa–. No cambié mi apellido por el de mi marido al casarme.

El doctor asintió.

–Cuénteme lo que ha pasado, por favor.

–Leon no recuerda nada –dijo Rose, temblorosa a causa de la conmoción–. No se acuerda de mí, no sabe quién es...

–¿No recuerda nada?

–Nada. No sabía qué decirle, qué hacer...

–Hay que decirle quién es, por supuesto, pero tendremos que consultar a un psicólogo especializado en estos casos. No suelo tratar a menudo los casos de amnesia.

–¿Amnesia? –repitió Rose, aterrorizada.

–Es lógico que esté muy asustada y preocupada, pero debe tratar de ser optimista. Su marido está estable y ha despertado. Lo más probable es que no tarde en recuperar la memoria.

–¿Tiene alguna evidencia estadística para apoyar eso?

–Como ya le he dicho, no trato a menudo casos de amnesia, pero es bastante habitual que quienes han sufrido una lesión grave en la cabeza pierdan parte de sus recuerdos. No es habitual que pierdan por completo la memoria, pero es posible.

–Y esas personas que pierden parcialmente la memoria, ¿suelen recuperarla?

–A veces no –contestó el doctor casi a pesar de sí mismo.

–En ese caso, puede que Leon nunca vuelva a recordar nada –Rose sintió que su vida, su futuro, se le escapaban de entre las manos mientras murmuraba aquellas palabras–. Nada.

El doctor Castellano respiró profundamente.

–Yo trataría de concentrarme en la posibilidad de que recupere sus recuerdos, no en lo contrario. Lo mantendremos controlado aquí mientras sea posible, pero supongo que se recuperará mucho mejor en su casa, bajo la supervisión de sus médicos.

Rose asintió. Aquello era algo que Leon y ella tenían en común. El trabajo de su marido le obligaba a estar fuera muy a menudo, algo que a ella le venía bien para los nervios, pero ambos adoraban la Casa Tanner, en Connecticut. Para ella era el tesoro más importante que le había quedado de su familia, la antigua y casi palaciega mansión, con sus grandes extensiones de césped y la rosaleda que su madre había plantado en honor a su única hija. Aquel era su refugio.

Y siempre había tenido la sensación de que también lo era para Leon.

Aunque cada uno ocupaba un ala distinta de la mansión. Al menos, Leon nunca llevaba mujeres allí. Le había permitido mantenerla como propia. La había convertido en una especie de santuario para ambos.

También había sido una condición de su matrimonio. Su padre prácticamente forzó aquella unión cuando su enfermedad se agravó, y tanto su empresa como aquella casa fueron el eje central del acuerdo. Si Leon se divorciaba de ella antes de que transcurrieran cinco años perdería la empresa y la casa. Si ella se divorciaba de él antes de que transcurrieran cinco años, perdería la casa y todo lo que no fueran sus pertenencias personales.

Lo que significaría perder su refugio. Y el trabajo que había realizado archivando la historia de la familia Tanner, que se remontaba hasta la época del Mayflower.

Y aquello supondría perderlo todo.

Pero había estado dispuesta a hacerlo porque ya no podía seguir esperando a que Leon decidiera si quería ser su esposo en toda la extensión de la palabra.

Pero en esos momentos estaban allí.

—Sí —dijo con toda la firmeza que pudo—. Leon querrá trasladarse a Connecticut en cuanto sea posible.

—Podrá hacerlo en cuanto sea seguro moverlo. Supongo que sus médicos privados se podrán hacer cargo de sus necesidades allí.

Rose pensó en los médicos y enfermeras que se ocuparon de su padre durante su enfermedad.

—Tengo muy buenos contactos en Connecticut —Rose volvió la mirada hacia la habitación y parpadeó, angustiada—. Volveremos en cuanto sea posible.

Pero volver a Connecticut con Leon no era precisamente pedirle el divorcio. No era dar el paso necesario para independizarse. No suponía librarse por fin del hombre que la había obsesionado durante casi toda su vida.

Pero Leon la necesitaba en aquellos momentos.

Como solía suceder a menudo, en su mente apareció la imagen de sí misma varios años atrás, sentada en la rosaleda del jardín familiar. Llevaba un vestido insulso, casi ridículo, y estaba llorando. Su cita para el baile de fin de curso la había dejado plantada. Muy probablemente, su invitación solo había sido una broma perversa.

De pronto alzó la mirada y Leon estaba allí, ante ella. Vestía un elegante traje, probablemente porque tenía planeado salir aquella noche tras reunirse con su padre. Rose tragó saliva mientras contemplaba su atractivo rostro, avergonzada por el hecho de que estuviera viéndola en uno de los momentos más bajos de su vida.

—¿Qué sucede, *agape*? —preguntó él.

—Nada. Solo que... mis planes para la fiesta de fin de curso no han salido como esperaba.

Leon se inclinó para tomarla de la mano y hacer que se levantara. Hasta entonces nunca la había tocado, y la sensación que le produjo el contacto de su cálida mano resultó realmente impactante.

—Si alguien te ha hecho daño, dime cómo se llama. Me aseguraré de que resulte irreconocible cuando acabe con él.

Rose negó firmemente con la cabeza.

—No. No necesito que ni mi padre ni tú acudáis en mi defensa. Creo que eso sería peor.

—¿Estás segura?

A Rose le estaba latiendo el corazón con tal fuerza que apenas podía escucharle.

—Sí.

—En ese caso, y ya que no me permites dar una paliza a quien te ha hecho daño, tal vez estés dispuesta a dejarme bailar contigo.

Rose fue incapaz de hacer otra cosa que asentir. Leon la tomó entre sus brazos y comenzó a bailar con un paso fácil al son de una música imaginaria. A Rose nunca se le había dado bien bailar, pero a él no pareció importarle. Y en brazos de Leon no se sentía torpe. En sus brazos se sentía como si pudiera volar.

—No eres tú, Rose.

—¿A qué te refieres? —preguntó ella con voz ahogada.

—Es esta edad. Para algunos no es fácil superarla. Pero las personas como tú, sensibles, delicadas, a las que les cuesta adaptarse a las exigencias de la vida en el instituto, siempre acaban por destacar más adelante. Llegarás mucho más lejos que la mayoría de los compañeros que aparentemente triunfan ahora. Esto es solo temporal. Pasarás el resto de tu vida viviendo con más esplendor y fuerza de la que ellos podrían imaginarse para sí mismos.

Aquellas palabras significaron mucho para Rose, y siempre las había mantenido muy cerca de su corazón. Se aferró a ellas el día que se casaron, mientras avanzaba hacia él por el pasillo de la iglesia, pensando que tal vez era aquello a lo que se había referido. Que aquella era la puerta que se abría a la vida que Leon le había prometido dos años antes.

Pero su matrimonio no se había parecido en nada a aquello. En lugar de florecer, se había pasado aquellos dos años sintiéndose como si le hubieran cortado las alas. Le costaba mucho conciliar al hombre que había sido Leon con el hombre con el que se había casado. Aun así, aquel recuerdo era aún tan intenso, tan hermoso, que, a pesar de todo lo que había pasado, no podía negar que Leon se merecía en aquellos momentos su ayuda.

Cuando estuviera mejor, cuando recuperara la salud,

daría los pasos necesarios para seguir adelante con su vida. Sin él.

—Solo dígame lo que tengo que hacer para poder llevármelo cuanto antes.

Capítulo 2

LEON aún no podía recordar su nombre cuando lo sacaron del hospital en una silla de ruedas para meterlo en una especie de ambulancia. Sabía cuál era su nombre, pero lo sabía porque se lo habían dicho, no porque lo hubiera recordado. Algo muy distinto.

Pero lo que sí sabía con certeza era que todo aquello afectaba intensamente a su orgullo. No le gustaba necesitar la ayuda de otros. No le gustaba estar en desventaja. Y, sin embargo, allí estaba, a merced de los demás y con el orgullo por los suelos. Era extraño no tener recuerdos y sin embargo ser tan consciente de aquellos sentimientos.

El trayecto hasta el aeropuerto fue largo y doloroso. Sabía que era afortunado por tener tan solo dos costillas rotas a causa del accidente, además de numerosas contusiones, pero aún estaba demasiado dolorido como para caminar. Se había esforzado por memorizarlas todas para saber al menos algo sobre sí mismo, lo que resultaba bastante deprimente.

Según el médico, en lo referente a la recuperación de su memoria solo debían darle ciertas informaciones básicas sobre sí mismo. Era importante que el resto de los recuerdos fueran regresando por sí mismos.

Y también odiaba aquella situación. Era dependiente

de los demás en el aspecto físico y también lo era en el terreno del conocimiento de sí mismo. Todos los que lo rodeaban sabían más sobre él que él mismo. Sin duda, su mujer sabía muchísimo más de él que nadie.

Volvió el rostro para mirar su perfil, su estoica expresión mientras contemplaba el paisaje por la ventanilla.

—Te conozco muy bien —dijo, con la esperanza de que el hecho de decirlo lo convirtiera en realidad.

Debía de conocerla. Debía de saber el aspecto que tenía bajo aquella ropa. La había tocado. La había besado. Tenía que haberlo hecho muchas veces, porque eran jóvenes y estaban enamorados...

—No estoy muy segura de eso —contestó Rose.

—¿Y por qué no?

Rose parpadeó, desconcertada.

—Por supuesto que sí.

Leon comprendió al instante que se estaba corrigiendo a sí misma, que sentía que acababa de meter la pata.

—Ahora no estás siendo sincera conmigo.

—Solo me estoy esforzando por seguir las instrucciones del médico. No estoy totalmente segura de lo que puedo y no puedo decirte. No quiero sembrar en tu cabeza recuerdos que no están ahí.

—De momento apenas hay nada. Mi cabeza es una página en blanco. Supongo que podrías aprovecharte de ello y convertirme en tu víctima.

Las mejillas de Rose se tiñeron de color. Leon supuso que a causa del enfado.

—No pienso hacer nada de eso —dijo, y apartó la mirada para seguir mirando por la ventanilla.

–Eso dices, pero lo cierto es que estoy a tu merced.

–Claro, y soy tan aterradora...

–Podrías serlo. Al menos por lo que sé, todo esto podría ser una mera artimaña. A fin de cuentas, parezco ser un hombre muy rico.

–¿Y cómo sabes eso?

–He estado en una lujosa habitación privada en el hospital y he sido atendido de maravilla por un montón de médicos y enfermeras.

–Puede que eso se haya debido a que eres un caso especial.

–Oh, de eso estoy seguro. Hay algunas cosas que sé por intuición, pero otras las sé porque tú me las has dicho, como mi nombre. Sin embargo, sé que soy un caso especial.

–Asombroso –dijo Rose en tono irónico–. Al parecer, nada puede superar tu ego, Leon. Me inclino ante tal proeza.

–Así que además de ser especial soy un redomado egoísta, ¿no? Debe de resultar encantador vivir conmigo.

Rose parpadeó lentamente.

–Sueles viajar a menudo mientras yo permanezco en Connecticut. Supongo que nos llevamos bien de ese modo.

Leon alzó un hombro.

–No encuentro nada extraño en eso. Dudo que haya muchas personas aptas para la cohabitación.

–¿Esa es otra de las cosas de las que estás seguro?

–Sí –replicó Leon con firmeza. Sabía que aquello era cierto. Lo sentía–. Supongo que todo lo sucedido ha sido muy duro para ti –no le gustaba verla tan pálida, tan tensa y afligida, algo que, teniendo en cuenta que no recordaba cómo solía ser, resultaba bastante extraño.

–A ninguna mujer le gusta enterarse de que es posible que su marido no recupere nunca la memoria.

–Supongo que no. Y supongo que a ninguna persona le gusta enterarse de que es posible que nunca recupere la memoria.

Rose inspiró profundamente y exhaló el aire despacio.

–Lo siento. Esto no tiene nada que ver con lo difícil que la situación pueda estar resultando para mí. Eres tú el que ha resultado herido.

–Eso no es cierto. Pero por supuesto que importa lo difícil que todo esto esté resultando para ti. A fin de cuentas, somos uña y carne, ¿no, *agape*? –Leon se inclinó ligeramente hacia ella con la esperanza de sentir algún estímulo mental gracias a su aroma, ligeramente floral. Pero no fue así. Al menos, no recordó nada. Pero, a fin de cuentas, era un hombre y sí notó otra clase de estímulo. Aunque Rose no fuera precisamente guapa en un sentido tradicional, sí que resultaba tentadora, apetecible–. Y, si somos una sola carne, lo que me afecta a mí también te afecta a ti.

Rose volvió a ruborizarse.

–Supongo que eso es cierto.

Permanecieron en silencio durante el resto del trayecto al aeropuerto. Cuando estuvieron en el interior del avión privado que los aguardaba, Leon miró con curiosidad en torno al opulento interior.

–¿Esto es mío?

Rose asintió.

–Al menos eso espero. No me gustaría haberme equivocado de avión –añadió con una sonrisa.

–En ese caso, seguro que salimos en las primeras planas de los periódicos.

–Algo que no queremos que suceda –dijo Rose con firmeza.

–¿Por qué no? Me gustaría tomar un whisky.

–Ni hablar –Rose frunció el ceño–. No puedes mezclar el alcohol con la cantidad de analgésicos que llevas en el cuerpo. Y, volviendo al tema de la prensa, no nos interesa que se sepa que tienes problemas con tu memoria. He llamado a un par de periódicos para hacerles saber que vas a necesitar tiempo para recuperarte del accidente, pero que no tardarás en volver a desarrollar tus actividades normales.

–Muy eficiente por tu parte. ¿Trabajas en mi empresa?

–No, pero pasé muchos años ayudando a mi padre a llevarla, sobre todo tras la muerte de mi madre, así que estoy muy familiarizada con ella.

–¿Me ocupo de la misma clase de negocios de los que se ocupaba tu padre?

La expresión de Rose se volvió repentinamente cautelosa.

–Creo que no deberíamos estar hablando de esto. De hecho, sé que no deberíamos estar haciéndolo. El médico fue muy claro al respecto.

–Qué amable por tu parte mantenerme desinformado.

–Es por tu bien.

–Me tratas como si fuera un niño, no como a un adulto.

–Es probable que ahora mismo sepas menos que un niño, Leon.

–Sé muchas cosas –protestó él–. No necesito tanta protección.

–Pero no estás en condiciones de trabajar, lo que significa que no debes ocuparte ni preocuparte de los detalles de tu negocio.

–Como he dicho antes, estoy a tu merced –Leon sentía que le martilleaba la cabeza, y habría podido matar por un whisky. No estaba seguro, pero intuía que no solía pasar tanto tiempo sin beber.

–No pienso permitir que me atosigues a estas alturas, Leon –dijo Rose con firmeza–. Ya nos conocemos demasiado bien como para eso. Ahora deberías dormir. Cuando te despiertes estaremos en Connecticut, y es posible que entonces se aclaren muchas cosas en tu mente.

Cuando el coche se detuvo ante la Casa Tanner, Leon esperaba... algo. Una sensación de familiaridad, de regreso al hogar. Rose había dicho que aquella casa era muy importante para él. De hecho, se había comportado como si su regreso a aquel lugar pudiera ser la clave de su recuperación. Pero mientras avanzaba hacia la mansión, casi palaciega, no se produjo ningún cambio, ningún milagro.

Era una edificación majestuosa, de ladrillo rojo con los laterales cubiertos de una delicada hiedra. Tan solo había otra edificación cercana que en otros tiempos debió de ser el alojamiento del servicio. Largas extensiones de un vibrante verde rodeaban ambos edificios y donde finalizaban se alzaba un umbrío y denso bosque que hacía que aquel lugar pareciera pertenecer a otra época, a un espacio totalmente ajeno al mundo.

Era una casa preciosa. Pero Leon no encontró en ella la magia que esperaba.

—No la recuerdas, ¿verdad? —preguntó Rose en tono apagado.

—No —contestó Leon mientras seguía mirando atentamente los muros y los ventanales de la casa, con la esperanza cada vez más remota de recuperar algún recuerdo.

—Hace muchos años que conoces esta casa. Desde que empezaste a trabajar para mi padre cuando te convertiste en su protegido.

—¿Fue así como nos conocimos tú y yo?

Rose asintió y Leon percibió cierta rigidez en su actitud, cierta reticencia.

—Solías reunirte con él en su estudio, así que no sabría decirte de qué hablabais. Yo nunca estaba presente, algo lógico dado que solo era una niña.

Leon se preguntó cuántos años tendría, si sería mucho más joven que él. Parecía joven, pero tampoco tenía referencias al respecto porque desconocía su propia edad.

—¿Cuántos años tienes? —preguntó.

—No creo que eso tenga importancia. Además, no es muy cortés preguntar a una chica su edad. ¿Acaso has olvidado también eso?

—No. Supongo que esa norma me fue inculcada desde muy joven, pero yo creo que en este caso sí tiene importancia. Si yo venía a esta casa a trabajar con tu padre cuando eras una niña, debe de haber una considerable diferencia de edad entre nosotros.

—Algo así —contestó Rose en tono distante—. Pero dejemos el tema. ¿Qué te parece si entramos y te enseño tu habitación?

A Leon no le extrañaron las palabras de Rose hasta que empezaron a avanzar por el gran vestíbulo de entrada, rodeado de suficiente mármol, cuadros y pequeñas esculturas como para poner celoso a cualquier coleccionista de arte.

–¿A «mi» habitación? –repitió.

–Sí.

–¿No compartimos el dormitorio?

Rose carraspeó con delicadeza.

–No resultaría nada práctico para tu proceso de recuperación –dijo, eludiendo claramente el tema, algo que Leon había notado que hacía a menudo.

–No entiendo, Rose. Aclárame la situación, por favor. Me duele la cabeza y no estoy de muy buen humor.

Rose dejó escapar un suspiro ligeramente exasperado.

–Esta es una casa muy tradicional y está llena de habitaciones, algo típico de la época en que fue construida. Supongo que podría decirse que nuestra forma de vivir en ella pertenece a esa misma época. A ambos nos gusta tener nuestro propio espacio.

–¿Estás diciendo que vivimos como una especie de familia aristocrática y totalmente pasada de moda?

–Sí. Como ya te he explicado, tú pasas mucho tiempo fuera a causa de tu trabajo, lo que significa que yo paso aquí mucho tiempo sola. Debido a ello decidí tener mis propias habitaciones y a ti te pareció bien.

Leon sintió que había algo que no encajaba en aquella respuesta. Había algo que no estaba bien. Lo que resultaba extraño, pues sabía la clase de hombre que era. Pero si el hombre que poseía todos sus recuerdos, todas sus pasadas experiencias, había considerado adecuado aquel arreglo, ¿quién era él para discutir las decisiones de aquella versión superior de sí mismo?

A pesar de todo, quería hacerlo. Porque su esposa había acudido a su lado de inmediato cuando había sufrido el accidente. Porque sus ojos azules eran el único recuerdo que tenía.

–¿Crees que podrás subir las escaleras? –Rose se volvió a mirarlo con gesto preocupado.

–No tengo ninguna pierna rota.

–Pero sí las costillas.

–Solo dos.

Rose asintió.

–Dime si te cansas demasiado –dijo mientras empezaba a subir la amplia escalera circular que llevaba a la segunda planta.

Contemplando la gruesa alfombra roja que cubría los peldaños, la elegante barandilla de roble, la historia y tradición que emanaba de cada poro de las paredes que circundaban el vestíbulo, Leon tuvo la extraña sensación de no pertenecer realmente a aquel lugar.

Miró a Rose, su delicada mano deslizándose por la barandilla, su largo y elegante cuello, su nariz, ligeramente alzada. No era especialmente agraciada, pero su porte resultaba verdaderamente aristocrático. Todo en ella era refinado. Leon tenía la sensación de que su piel debía de ser suave como la seda, perfecta, demasiado exclusiva como para que cualquier mortal pudiera aspirar a acariciarla.

Pero, de algún modo, él la tenía. De algún modo, él tenía aquella casa.

Pero no lograba sentir que aquello fuera real. Todo

parecía existir en su propio plano, como si se tratara de un sueño que hubiera tenido hacía mucho tiempo.

Un sueño que no podía recordar.

Una aguda y dolorosa punzada en el costado ascendió velozmente por su cuello hasta su cabeza y lo dejó repentinamente inmovilizado. Rose se volvió de inmediato, como si hubiera intuido que le pasaba algo.

—¿Te encuentras bien?

—Sí –murmuró Leon.

—No tienes aspecto de encontrarte bien.

—El dolor es algo muy tenaz –Leon permaneció quieto en el escalón, esperando a que la punzada remitiera–. Le gusta hacerse notar.

—Nunca he sufrido una herida grave, así que desconozco la sensación.

—Yo no sé si he sufrido antes alguna herida grave. No lo recuerdo. Así que es como si fuera la primera vez.

Aquello le hizo preguntarse a Leon qué otras cosas podría volver a sentir como si fuera la primera vez y, a juzgar por el repentino rubor del rostro de su esposa, ella debía de estar preguntándose lo mismo.

Pero, dado el estado de sus costillas, estaba claro que aquello no iba a suceder precisamente pronto.

Resultaba extraña la idea de acostarse con alguien a quien no conocía, aunque en realidad sí la conociera. Pero tal vez las cosas serían diferentes en ese momento. Tal vez no podría ser el amante que Rose se merecía... o el que deseara.

—¿Puedes seguir subiendo o prefieres que me ocupe de habilitar una habitación en la planta baja? –preguntó Rose.

—Estoy bien –contestó Leon, que agradeció aquella interrupción de sus pensamientos.

Una vez en lo alto de las escaleras siguió a Rose por un largo pasillo que llevaba a su dormitorio. Aunque la palabra «dormitorio» resultó demasiado humilde y escueta para definir lo que era todo un conjunto de habitaciones.

Incluía un amplio y luminoso despacho, un baño enorme, una sala de estar y la habitación en que se encontraba la cama, también enorme.

—¿Tú tienes algo parecido a esto? —preguntó con curiosidad.

Rose asintió.

—Sí.

—Al parecer, somos una auténtica pareja de la aristocracia —aquello no tenía sentido para Leon. Había algo que no encajaba, que no estaba bien. Se sentía... cautivado por Rose. Se sentía muy atraído por ella. ¿Cómo era posible que hubiera aceptado que no compartieran el dormitorio?

Rose ladeó la cabeza.

—Resulta extraño ir comprobando las cosas que sabes y las que no.

—Desde luego —Leon suspiró—. Pero preferiría olvidar mi conocimiento superficial de las cosas del mundo y recuperar lo que sé de mí mismo.

Rose asintió.

—Lo comprendo. Ahora voy a dejarte para que puedas descansar.

Leon estaba exhausto, algo que resultaba un tanto absurdo, pues se había pasado el vuelo durmiendo. Sentía que aquello no era habitual en él. Sentirse tan cansado. Estar tan sobrio.

—Probablemente sea lo mejor —murmuró.

–Voy a confirmar la cita con el médico que va a atenderte. Y también con la enfermera.

–No estoy inválido.

–Has sufrido una grave contusión en la cabeza, Leon. Y aunque podamos estar razonablemente seguros de que no te vas a morir esta noche, también es evidente que tu estado no es precisamente normal.

Leon sabía que no podía discutir aquello.

–De acuerdo –concedió.

–Te despertaré a la hora de comer –tras decir aquello, Rose se volvió y salió rápidamente de la habitación.

Leon se dio cuenta en ese instante de que en ningún momento había hecho intención de tocarlo. No había habido ningún contacto físico entre ellos, ninguna caricia de consuelo o apoyo. Ni siquiera al irse había mostrado Rose la intención de inclinarse hacia él para besarlo.

Pero probablemente tendría que desentrañar los misterios de su propia mente antes de ocuparse de los misterios de su matrimonio.

Capítulo 3

ROSE sentía que estaba a punto de perder la cabeza. Pero aquello era algo que no debía suceder, pues estaba claro que Leon había perdido la suya.

Se reprendió de inmediato por aquel pensamiento. Leon no había perdido la cabeza, sino la memoria, pensó mientras caminaba de un lado a otro de su estudio.

Los dos días anteriores habían sido los más duros de su vida, y eso no era decir poco. Había soportado mucho a lo largo de su existencia. Desde la muerte de su madre cuando ella aún era una niña hasta la de su padre cuando acababa de cumplir los veintiún años. Siempre había sentido que no encajaba entre sus coetáneos, porque era demasiado callada y tímida, demasiado poquita cosa como para interesar a alguien. Porque prefería pasar el tiempo husmeando en polvorientas bibliotecas que divirtiéndose en fiestas alocadas. Porque cuando salía de compras iba a papelerías y librerías en lugar de a boutiques de moda. Porque había pasado dos años casada con un hombre que no la había tocado más allá del día de su boda.

Sí. Podía afirmarse que Rose Tanner no lo había tenido fácil en la vida.

A pesar de todo, ver a un hombre como Leon pasando por aquello, verlo tan mermado, tan reducido, era terrible. Habría querido no preocuparse tanto. Incluso cuando estaba enfadada con él, cuando trataba de convencerse de que lo odiaba, no podía negar que era el hombre más vibrante, más intenso y atractivo que había conocido nunca.

Verlo herido, inseguro, verlo como un mortal más, era como perder la última red de seguridad que había en su vida. Ya había perdido sus otros pilares. A su madre. A su padre. Y en ese momento estaba perdiendo también a Leon.

No podía decirse que hubiera sido un gran apoyo moral durante aquellos años, desde luego, pero al menos había sido constante, predecible. Podría haber muerto solo unos días atrás, y saberlo resultaba devastador en un sentido que jamás habría anticipado.

–Contrólate –murmuró para sí mientras se esforzaba por reprimir la histeria que amenazaba con adueñarse de ella.

Tenía que hacer algo, ocuparse en algo. Salir al jardín a podar. Seguir catalogando la vasta biblioteca de su padre. En lugar de ello, ocupó un sillón frente a la chimenea y se dejó invadir por la tristeza.

Deseaba tanto acabar con aquello, dejar de permanecer paralizada, esperando a que su matrimonio se convirtiera en otra cosa, a que sucediera algo mejor en su vida...

Quería la Casa Tanner. Por supuesto que la quería. Y sabía que Leon también la quería. Pero últimamente se había sentido incluso dispuesta a quedarse sin la una y sin el otro si fuera necesario.

Sin embargo, sabía que no podía dejar a Leon en

aquellos momentos. Necesitaba verlo recuperado. Después, con la conciencia tranquila, podría seguir adelante con su vida.

¿Y si Leon no llegara a recuperar la memoria?

Por un breve instante, sintió la tentación de mentirle, de decirle que estaban locamente enamorados, que se había casado con ella porque no era capaz de tener las manos quietas a su lado, no porque quisiera heredar el imperio económico de su padre y la casa que tanto había llegado a querer.

Sí, por un momento sintió la tentación de hacerlo. No habría sido humana si no la hubiera sentido. Había pasado tantos años fantaseando sobre cómo habrían sido las cosas si Leon la hubiera deseado, si al mirarla hubiera visto en ella a una verdadera mujer...

Pero no podía hacer algo así. Hacerlo habría sido repugnante. Y lo último que quería era que Leon fuera su prisionero. Algo que, dadas las circunstancias, en realidad ya era.

«De hecho, tú eres su prisionera», le susurró su voz interior.

No podía discutir aquello. Había aceptado casarse con él y luego había sido abandonada para deambular como un fantasma por las habitaciones de la casa. Entretanto, Leon había seguido adelante con su vida como si fuera un hombre soltero.

El mundo entero sabía que estaban casados. Y también que Leon era un playboy incorregible. Y nadie sabía que ella se había visto atrapada por un acuerdo para permanecer casada durante al menos cinco años para que él consiguiera quedarse definitivamente con el negocio de su padre y ella con la casa.

Aquel había sido el acuerdo prenupcial dictado por su padre antes de morir.

Pero no pensaba seguir esperando. Leon podía quedarse con la empresa. Y también con la casa. Ella solo quería ser libre.

Había llegado a un punto en el que sabía que solo tenía dos opciones: o sentarse a hablar con él en alguna de las raras ocasiones en que estaba en casa para hacerle saber cuánto deseaba que diera una nueva oportunidad a su matrimonio, para explicarle todo lo que sentía, o para pedirle el divorcio.

Y había optado por pedirle el divorcio. Porque no había ninguna posibilidad de que la otra conversación terminara bien. Sabía que, si le abría su corazón, si dejaba expuestos sus verdaderos sentimientos, lo arriesgaría todo y sería rechazada.

—¿Es ya la hora de comer?

Rose se volvió rápidamente hacia la puerta, hacia el sonido de aquella ronca voz, y sintió que su corazón se evaporaba junto con sus buenas intenciones. Leon no llevaba puesto más que los pantalones negros y flojos del pijama. Llevaba el torso desnudo y sabía que debería haberse fijado en sus vendajes, en sus moratones, pero en lo que se fijó fue en su musculatura. En su pecho, perfectamente definido, en sus músculos abdominales, que se marcaban con cada una de sus respiraciones.

—Creo que sí —contestó, sin aliento.

—Estoy muerto de hambre —Leon se cruzó de brazos y se apoyó contra el marco de la puerta. Sostenía una camiseta gris en una mano, pero no hizo intención de ponérsela–. Es la primera vez que siento hambre desde el accidente. Resulta bastante agradable. Supongo que aún no me dejarás beber algo, ¿no?

–No puedes mezclar el alcohol con la medicación, Leon.

–Estoy empezando a pensar que estaría dispuesto a sacrificar la medicación por una bebida –frunció el ceño–. ¿Suelo beber mucho?

Ya que apenas pasaban tiempo juntos, Rose no estaba muy familiarizada con las costumbres de Leon, pero lo cierto era que casi siempre solía tener una bebida en la mano.

–Un poco –dijo con cautela–. Pero ¿por qué lo preguntas?

–Llevo deseando beber algo desde que recobré la consciencia. No sé si se debe solo al estrés o si tengo cierto grado de dependencia del alcohol.

–Sales muy a menudo –dijo Rose–. ¿Y por qué no te pones la camiseta? –preguntó, sonando un poco más desesperada de lo que habría querido.

–No puedo –contestó Leon con un leve encogimiento de hombros.

–¿Cómo que no puedes?

–He tratado de ponérmela, pero me duelen demasiado las costillas. ¿Puedes ayudarme, por favor? –dijo a la vez que alargaba la camiseta hacia Rose.

Rose sintió el firme e intenso latido de su corazón en los oídos.

–Yo... –se suponía que era su esposa, que aquella petición era completamente lógica.

Carraspeó con suavidad y recorrió el espacio que los separaba para tomar la camiseta. El roce de sus dedos con los de Leon cuando la tomó le produjo un cálido estremecimiento.

—Cuando dices que salgo mucho, ¿te refieres a que voy a muchas fiestas?

Rose asintió con la garganta repentinamente seca.

—Sí —contestó a la vez que alzaba la camiseta y la recogía en torno al cuello para situar este en la dirección adecuada—. Inclínate todo lo que puedas, por favor.

Leon hizo lo que le decía y ella introdujo la camiseta por su cabeza.

—¿Y tú? —preguntó.

Rose lo miró a los ojos. Estaba tan cerca... tanto que solo habría tenido que ponerse de puntillas para besarlo. Solo lo había hecho una vez antes. El día de su boda, en una iglesia abarrotada de gente.

¿Qué pasaría si volviera a hacerlo?

Parpadeó mientras trataba de sobreponerse a las sensaciones que estaba experimentando.

—Alza los brazos todo lo que puedas —murmuró.

Leon obedeció e introdujo las manos por las mangas.

—¿Sueles salir conmigo? —insistió.

Rose no estaba segura de cómo responder. Se suponía que no debía darle información, que Leon debía encontrarla por sí mismo. Además, no quería dársela.

—Casi siempre prefiero quedarme en casa —dijo y, mientras deslizaba la camiseta hacia abajo por su torso sus dedos rozaron el oscuro vello y los fuertes músculos del pecho de Leon.

De inmediato afloraron a su mente toda clase de cosas sobre las que apenas se había permitido fantasear. Y aquello tenía que pasarle precisamente cuando por fin había decidido que su matrimonio debía terminar.

Se apartó de Leon y trató de volver a respirar con normalidad.

Él frunció el ceño mientras terminaba de estirarse la camiseta.

—¿Suelo salir contigo?

Estaba igual de sexy con la camiseta que sin ella.

Rose parpadeó y apartó la mirada.

—A veces —alzó la mirada hacia el reloj y vio que casi eran las seis, lo que significaba que la comida ya estaría lista. Experimentó un intenso alivio ante aquella posibilidad de rescate. Cuando entre ellos se interpusiera la mesa podría volver a respirar con normalidad—. Es hora de que vayamos a comer. Ven, voy a enseñarte el camino al comedor.

—¿Tenemos servicio? —preguntó Leon mientras avanzaban por el pasillo.

—Sí. He mantenido a todos los empleados domésticos que tenía mi padre —Rose carraspeó ligeramente—. Supongo que he querido que todo siguiera igual que entonces.

—Ambos amamos esta casa —dijo Leon—. Eso es algo que compartimos. Al menos, me dijiste que yo la amaba.

—Es cierto. Y yo también. Fui muy feliz en ella mientras crecía. Es el único lugar en el que conservo recuerdos de mi madre. De pequeña solía esconderme en lo alto de las escaleras para observar las grandes fiestas que solían organizar mis padres en verano. Mi madre siempre era la mujer más guapa de todas. Parecía muy feliz con mi padre. Yo... soñaba con crecer y tener una vida parecida.

Al pensar en aquello, Rose sintió que se le hacía un

nudo en la garganta y tuvo que parpadear para alejar el brillo de las lágrimas.

—¿Y tu vida no es así? —preguntó Leon.

El tono de su voz era casi esperanzado, algo que resultó muy extraño para Rose. Leon solía utilizar un matiz bastante cínico para hablar de aquellas cosas. Se consideraba un realista, con los pies firmemente asentados en la tierra. Por eso atesoraba ella en su corazón con tanto esmero los pocos momentos en que le había mostrado con sinceridad su sensibilidad, su delicadeza.

Pero en lo referente a la fantasía, a las ideas románticas sobre la vida, sabía que no había nada que hacer con él.

Le habría gustado mentirle, aunque sabía que no podía hacerlo. Pero sí podía ser un poco creativa respecto a la verdad.

—Esta casa es nuestra y podemos hacer con ella lo que queramos. Desde que murió mi padre has estado muy ocupado dirigiendo la empresa, expandiendo por el mundo su actividad. Aún no hemos tenido tiempo de organizar fiestas.

—¿Pero tenemos intención de hacerlo?

—Sí —contestó Rose, aun sabiendo que aquello no era estrictamente cierto, pues ni siquiera era capaz de imaginarse su futuro en aquella casa, y mucho menos un futuro compartido con Leon.

Cuando entraron en el comedor la mesa ya estaba puesta. Rose había advertido con antelación a los empleados domésticos de que debían mantener la discreción.

—Han preparado tu plato favorito —dijo mientras se sentaban ante el bistec con arroz que habían preparado para ellos. Rose tenía una copa de vino ante su plato. Leon, un vaso de agua.

–¿No te parece un poco cruel? –preguntó él al fijarse en el detalle.

–No tengo por qué beber mi vino si te molesta.

–Sería una lástima malgastarlo –Leon negó con la cabeza–. Tú puedes beber vino y yo no. Eso es todo.

–Todo un detalle por tu parte.

–Siento que soy generoso.

Rose no pudo evitar dejar escapar una risa.

–¿Ah, sí?

–Sí. ¿Acaso me estás contradiciendo?

Rose bajó la mirada hacia su plato.

–Claro que no. Colaboras con numerosas organizaciones benéficas.

–¿Lo ves? –Leon tomó el cuchillo y el tenedor–. Eso evidencia que sí soy una persona generosa.

–Puede que haya más de un tipo de generosidad.

–¿Qué quieres decir?

Rose lamentó de inmediato haber hecho aquel comentario.

–Disculpa. Se supone que no debo agobiarte con información, y mucho menos con mis opiniones personales. Las opiniones no son hechos, y tú necesitas hechos.

–¿Y opinas que no soy generoso?

Rose suspiró, frustrada consigo misma y con Leon. Con el mundo.

–Claro que eres generoso.

–Solo lo estás diciendo para tranquilizarme.

Rose no pudo contener un gesto de exasperación.

–¿Estás tratando de empezar una pelea?

–No seas tonta. Nosotros nunca nos peleamos –dijo
Leon.

–¿Y cómo puedes saber eso? –preguntó Rose con
una extraña sensación en el estómago.

Leon no se equivocaba. Ellos nunca se habían pe-
leado. Se habían visto tan poco durante los dos años
que llevaban casados que apenas habían tenido tiempo
de hacerlo. Además, nunca había habido suficiente pasión entre ellos como para desatar una pelea.

–Simplemente lo sé.

–Sigues siendo muy arrogante.

–Tacaño y arrogante. Eso es lo que opinas de mí.
¿Cómo es posible que nunca discutamos?

–Tal vez porque no estás aquí lo suficientemente a
menudo –Rose pinchó con el tenedor su primer trozo
de carne y comenzó a masticarlo con la esperanza de
que Leon dejara el tema.

Leon miró a su esposa sin saber cómo interpretar la
conversación que acababan de mantener. Era evidente
que estaba irritada con él. Se preguntó si aquello suce-
dería a menudo, o si simplemente estaría tensa por la
peculiar situación en que se encontraban.

Había comentado en varias ocasiones que él estaba
muy a menudo fuera. Dado que los padres de Rose habían muerto y que no había mencionado a ningún her-
mano, parecía que él era toda la compañía que tenía.
También tenía la sensación de que Rose sentía que no
hacía demasiado para apoyarla emocionalmente.

Aquello resultaba preocupante. El hecho de que pudiera o no haber preocupado al hombre que había sido

antes del accidente resultaba irrelevante. Rose se estaba ocupando de él, le estaba ofreciendo su ayuda incondicional, y era evidente que no se sentía correspondida.

Tenía que remediar aquello, se dijo. Ya que iba a tener que pasar varias semanas en la casa recuperándose, pensaba centrarse totalmente en sanar tanto su matrimonio como su cuerpo.

Pero su afán por hacerlo era más profundo, iba más allá. No se trataba tan solo de enmendar un error del pasado.

Rose era su única referencia. Era la única persona que lo conocía de verdad. Era su ancla en medio de un mar proceloso, y sabía que sin ella se vería irremisiblemente arrastrado hacia el fondo.

Debía afianzar y apuntalar la conexión que había entre ellos.

Se había perdido a sí mismo. No recordaba en absoluto quién era. Y, por lo que parecía, su relación matrimonial era mucho más frágil de lo que debería haber sido.

Rose era todo lo que tenía. No podía perderla.

Y solo había una solución posible para enmendar aquello. Debía seducir de nuevo a su esposa.

Capítulo 4

HABÍA pasado casi una semana desde que Leon había regresado a la casa y aún no recordaba nada. Rose estaba luchando contra la inquietud y la desesperanza mientras experimentaba una creciente ternura en su corazón cada vez que estaba con él.

Pero sabía que, en realidad, aquella ternura no era nada nuevo.

Siempre había sentido algo por Leon. Más de lo que debería. Pero él no sentía lo mismo por ella. Nunca lo había hecho. Sin embargo, ella no lograba librarse de la esperanza, de aquella necesidad.

Una parte de ella, probablemente la más infantil, creía irracional y tenazmente en los finales felices, en que el buen comportamiento siempre recibía su recompensa.

Pero no podía volver a esperanzarse de nuevo. No debía hacerlo. Cuando Leon recuperara la memoria, todo volvería a ser como antes.

Se tumbó de espaldas en su sofá favorito y contempló el ornamentado techo del salón. Al escuchar unos pasos que se acercaban, se irguió de inmediato a la vez que aferraba contra su pecho el libro que había estado leyendo.

—¿Rose? —Leon entró en el salón con un aspecto mucho más alerta y desenvuelto del que había tenido unos días atrás. Estaba durmiendo mucho y, al parecer, el descanso empezaba a dar sus compensaciones.

—Estaba leyendo.

—¿Qué estás leyendo?

—El último libro de Nora Roberts.

—No creo que haya leído a esa autora. O tal vez sí. No lo sé.

Rose se rio a pesar de sí misma.

—Lo dudo.

—¿No es el tipo de literatura que leo?

—Creo que solo te gusta leer sobre temas relacionados con los negocios.

Leon asintió lentamente, pensativo.

—No logro imaginarme a mí mismo yendo a la universidad. Pero supongo que, dada mi posición, hice alguna carrera.

—No la hiciste —contestó Rose, suponiendo que era correcto darle aquella información.

—¿Entonces cómo...? No recuerdo nada, pero sé que no es así como suelen funcionar las cosas —Leon se frotó la barbilla con una mano mientras decía aquello. El áspero sonido que produjo al hacerlo resultó extrañamente erótico para Rose.

No tenía ninguna experiencia con los hombres. Al menos, ninguna experiencia íntima. Más allá del casto beso de su boda, y de la excitante experiencia de ayudar a Leon a ponerse la camiseta, apenas había tenido contacto físico con un hombre. ¿Y por qué iba a haberlo tenido? A fin de cuentas, siempre había estado esperando por Leon como una tonta.

Aquella falta de experiencia debía de ser el motivo por el que le afectaban tanto aquellos detalles.

Trató de ignorar el rubor que cubrió sus mejillas.

–Todo lo que sé es que de adolescente trabajabas en la empresa de mi padre en un puesto muy bajo. Empezaste a trabajar antes de terminar tus estudios en el instituto. Por algún motivo llamaste la atención de mi padre y desde entonces se ocupó de ti. Se tomó un interés muy personal en ir enseñándote todos los entresijos del negocio.

–Mi familia no era rica –dijo Leon en tono apagado–. Eso lo sé. Nací en Grecia. Éramos muy pobres. Vine aquí por mis propios medios.

Rose comprendió en aquel momento lo poco que sabía de él. Sabía que era griego, desde luego, pero apenas sabía nada de su pasado. Apareció de pronto un día en su vida y desde entonces lo había idolatrado. Al menos hasta el momento en que comprendió que nunca llegaría a convertirse en la fantasía que ella había elaborado en su mente. No se preguntó por qué se casó con ella. Las ventajas que suponía aquella unión para él eran evidentes. Su padre estaba muriéndose y quería ver a su hija asentada, protegida, y ofreció la empresa y la casa a Leon como incentivo, con unas condiciones lo suficientemente adecuadas como para tentarlo.

Todo aquello tenía sentido, pero Rose comprendió de pronto que la que no tenía sentido en todo aquello era ella. ¿Qué había esperado? ¿Qué se había imaginado que saldría de todo aquello? ¿Quién se había imaginado que era? Aquel era el problema. Todo había surgido de su imaginación. Todo era meramente imaginario.

Aquello le hizo sentirse muy pequeña. Egoísta. Leon tan solo había sido un objeto de su fantasía que solo había respirado y vivido para satisfacer sus sueños infantiles.

–¿Te encuentras bien? –preguntó Leon.

Rose parpadeó.

–Sí... sí. ¿No tengo aspecto de encontrarme bien?

–Por tu expresión parece que acabara de caerte un yunque en la cabeza.

Rose trató de reírse.

–Lo siento. Es solo que... me he dado cuenta de que no sé sobre ti todo lo que debería. Al tener que enfrentarme a los vacíos de tu memoria me he hecho consciente de todo lo que desconozco sobre ti.

Leon arrugó el entrecejo.

–Supongo que eso es en gran parte culpa mía.

–No creo. En este caso creo que yo soy la única responsable.

Leon se encogió de hombros.

–En cualquier caso, en estos momentos no puedo ayudarte con ese tema. No tengo respuesta para ninguna de esas preguntas.

–No espero que las tengas –dijo Rose, sintiéndose especialmente débil y pálida.

–Pero sí sé una cosa –dijo Leon, repentinamente animado y con un travieso destello en la mirada–. Sé que hoy vamos a cenar fuera, en la terraza. Y también sé que han preparado langosta a la Maine. Tu plato favorito.

–¿Y cómo has sabido eso? –preguntó Rose, sorprendida–. Hace unos días ni siquiera sabías cuál era tu plato favorito.

–A pesar de mi estado sigo siendo capaz de hacer averiguaciones. Afortunadamente. Toda mi vida actual depende en gran parte de las respuestas que recibo, y de la calidad de mis preguntas. Me he esforzado por obtener alguna información de los miembros del servicio.

–No necesitabas hacer eso –Rose no pudo evitar una momentánea sensación de miedo.

–Lo sé. Pero eres mi esposa. Y no solo eso, sino que además te has estado ocupando por completo de mí desde el accidente.

–No solo yo. También hay un médico y una enfermera preparados para acudir cuando sea necesario. Yo solo...

–El mero hecho de saber que estás a mi lado ha supuesto una enorme ayuda para mí durante estos días –la sincera sonrisa que esbozó Leon tras decir aquello hizo que el corazón de Rose latiera más rápido.

Leon alargó una mano hacia ella sin dejar de mirarla con sus oscuros ojos. Rose se echó instintivamente atrás y miró su mano como si se tratara de una especie de serpiente venenosa.

–Mi intención es llevarte hacia la langosta. No hacia tu perdición –bromeó Leon.

Rose dudó, sintiéndose como si no se mereciera tocarlo, sintiendo que aquel gesto estaba destinado a otra mujer que no existía. La devota esposa que ella no era. La devota esposa que sería si Leon hubiera demostrado algún interés por ser un auténtico marido en la vida real.

Pero se estaba excediendo. Tan solo se trataba de ir a comer. Aquello solo era una mano.

Respiró profundamente y rodeó con sus dedos los

de Leon. La especie de descarga eléctrica que recorrió de inmediato su cuerpo la dejó sin aliento, con las rodillas debilitadas. No había tocado a Leon desde la boda. No había tocado a ningún hombre desde entonces.

Su padre ya no estaba, e incluso cuando lo había tenido a su lado casi nunca había habido muestras físicas de afecto entre ellos. Todos sus amigos, sus compañeros de universidad, se habían trasladado. Ninguno de ellos había seguido en casa de sus padres a partir de los veinte años. Todos se habían ido a Manhattan, o a Londres, o a otros lugares excitantes. No vivían aferrándose a sus recuerdos, sino que estaban creando recuerdos nuevos. Y hasta aquel momento, hasta que su piel había entrado en contacto con la de Leon, no se había dado cuenta de lo increíblemente sola que había llegado a estar.

Y no tenía a nadie a quien culpar más que a sí misma.

«Y ese es el verdadero motivo por el que quieres irte», le susurró su vocecita interior.

Respiró profundamente y trató de ocultar su reacción lo mejor que pudo. Pero entonces cometió el error de alzar la mirada, y lo que vio en los ojos de Leon la dejó anonadada.

Su mirada no era indiferente ni cautelosa, sino que parecía de lava líquida, y el calor que emanaba de ella era un espejo del que ella sentía en su interior.

—Vamos —dijo él con voz ronca.

Rose lo siguió como una autómata. Una vez en la terraza, las sensaciones que estaba experimentando se agolparon en su pecho hasta el punto de que apenas pudo respirar. Leon la estaba tocando. Y ante ellos había una mesa para dos preparada con auténtica delicadeza y esmero, con una vela en el centro.

Toda aquella situación parecía sacada de un cuento, de sus fantasías infantiles, de la época en que aún no sabía que en las relaciones de los hombres con las mujeres había mucho más que hacer manitas y sentarse a la luz de una vela.

–¿Sucede algo malo?

Rose se obligó a mirar de nuevo a Leon y percibió una intensidad en su mirada que no supo cómo interpretar. Lo único que sabía era que había esperado casi toda su vida a que la mirara así alguna vez.

–Nada malo –mintió mientras rodeaba la mesa para ocupar su silla. Al hacerlo, notó que frente al plato de Leon había un vaso de agua–. Creía que ya habías dejado de tomar los analgésicos.

–Y he dejado de tomarlos. Pero como no estoy completamente seguro de cuál es mi relación con el alcohol, he decidido seguir abstemio. Ya que no parece haberme ido mal esta semana pasada, ¿por qué empezar ahora?

Rose asintió.

–Oh. Bien. En ese caso, yo también puedo olvidar el vino.

–Tú estás bien así –dijo Leon–. Creo que ya hemos estado hablando bastante sobre mí estos últimos días, pero ahora quiero saber más cosas de ti, Rose. No solo me he olvidado de mí mismo y de mis cosas, sino que tampoco recuerdo nada sobre ti.

–No creo que ese tema de conversación vaya a resultar muy interesante –contestó Rose mientras sentía los fuertes latidos de su corazón en la garganta.

–Dudo que haya algo más interesante para un marido que el tema de su esposa.

—Nosotros no... no tenemos esa clase de relación.

—¿Por qué no?

—No creo que estés hecho para el matrimonio.

Leon frunció el ceño.

—¿He sido desagradable contigo en algún sentido?

—No —dijo Rose, haciendo un esfuerzo por alejar sus miedos. No podía permitir que Leon empezara a verse a sí mismo como a una especie de monstruo, porque no era así—. Eres una persona muy independiente. No vivimos pegados el uno al otro. No solemos compartir largas sobremesas en la terraza. No solemos compartir nuestros pensamientos íntimos.

—¿Por qué te casaste conmigo? —la expresión de Leon era de tal perplejidad, de tal incredulidad, que Rose se sintió aún más desconcertada.

—Podría darte toda una serie de razones por las que una mujer habría querido casarse contigo. Eres muy guapo y atractivo. Tienes éxito en los negocios... En cuanto a mí, soy muy poquita cosa.

Leon frunció el ceño y enseguida alargó una mano para acariciar con el pulgar la comisura de los labios de Rose, que se quedó totalmente paralizada cuando lo deslizó con delicadeza por su labio superior y a continuación por el inferior.

—Confieso que el primer momento en que te vi no me pareciste especialmente atractiva. Pero según han ido pasando los días esa impresión ha desaparecido por completo. Tú eres mi único recuerdo real. Tus ojos son mi verdad, Rose, y para mí, tanto tus ojos como tú misma sois increíblemente bellos.

Rose había dejado de respirar por completo. Tenía la sensación de que en cualquier momento podía desmayarse. La pesadilla que era su vida se estaba convirtiendo en un sueño. Y, perversamente, estaba disfrutando de ello. Aquello era todo lo que había querido siempre. Pero no así.

–Lo... lo que has dicho ha sido precioso.

–Soy tacaño y arrogante, ¿recuerdas? No soy generoso ni especialmente amable. Estoy siendo sincero. Hay un límite a la clase de verdades que se pueden decir en mi estado. Apenas sé nada. Pero lo que te he dicho es cierto –Leon tomó el rostro de Rose por la barbilla–. Eres mi esposa. Quiero saberlo todo sobre ti –añadió antes de retirar la mano.

Rose carraspeó, nerviosa, y se entretuvo moviendo sus cubiertos.

–¿Fuiste a la universidad? –preguntó Leon.

–Sí. Estudié Historia. Como ya habrás adivinado, me gustan las cosas antiguas. Cuanto más antiguas y polvorientas, mejor.

–¿Es eso un comentario sobre mi edad?

Rose se rio.

–No, claro que no –dijo, sintiéndose más relajada–. Pero solo estuve en la universidad dos años. No me licencié. Solo acabé los dos primeros años.

–¿Por qué?

–Porque me casé contigo

–¿Cuántos años tienes ahora?

Rose jugueteó aún más nerviosamente con sus cubiertos.

–Veintitrés –contestó a pesar de sí misma.

–Así que cuando nos casamos tenías veintiuno –Leon permaneció un momento en silencio–. ¿No eras demasiado joven para casarte?

–Mi padre se estaba muriendo. Ambos éramos conscientes de ello. Él pensaba que yo estaría a salvo contigo y la idea de que nos casáramos le producía mucha tranquilidad. Ninguno de los dos quisimos negarle esa paz.

–Y tras la muerte de tu padre yo me dediqué... a ir de fiesta en fiesta. Te dejé sola en esta casa sin haber acabado tus estudios y sin...

–Me ayudaste mucho tras la muerte de mi padre. No me abandonaste directamente para dedicarte a divertirte. Me apoyaste. Te ocupaste de muchos detalles que para mí habrían sido muy dolorosos.

La expresión de alivio del rostro de Leon cuando escuchó aquello conmovió de un modo inexplicable a Rose.

–Eso al menos es algo.

–Y yo no me quedé en la casa sin nada que hacer. Estos años me he ocupado de investigar y organizar los documentos de mi familia, cuyos orígenes se remontan a la época en que se fundó este país. Es una tarea interesante y entretenida, y también compleja.

–Genial. Así que dejé que te enmohecieras aquí junto con el mobiliario y los libros. Qué generoso por mi parte.

–No –negó Rose con firmeza, aunque no fuera cierto. Tras la muerte de su padre, Leon había retomado la clase de vida que llevaba antes de casarse. Jamás la había tocado, pero había seguido acostándose con otras mujeres. Ella lo sabía con certeza. No estaba ciega. Las revistas del corazón estaban llenas de cotilleos al respecto. Pero no quería decírselo. No quería decirle aquello a aquel hombre.

Y resultaba extraño que no quisiera decepcionarlo con la verdad sobre sí mismo.

—No estás siendo sincera conmigo.

—No estoy segura de que la verdad vaya a beneficiarte en esta situación.

Leon se levantó, se acercó a Rose y se acuclilló ante ella. Estaba tan cerca que Rose pudo oler su aroma a jabón, percibir la calidez que emanaba de su cuerpo. Sintió el inmediato deseo de alargar una mano hacia él para tocarlo, pero no lo hizo.

Sin embargo, él alzó ambas manos hacia su rostro para tomarlo y atraerlo hacia el suyo.

—En ese caso, tendremos que crear una nueva verdad. No veo por qué no podemos empezar una nueva vida. Has compartido conmigo tus sueños, y me gusta cómo suenan.

—Ahora mismo no estás trabajando, Leon. Estás prácticamente encerrado en casa, recuperándote. Yo soy la única diversión que tienes.

La oscura mirada de Leon se volvió tormentosa.

—Haces que parezca un niño.

Rose pensó que, en ciertos aspectos, lo era. Siempre lo había sido. Siempre estaba buscando su próximo juguete, lo más nuevo, lo más brillante. De niña había encontrado fascinante aquel rasgo. Sus brillantes deportivos, su vestuario, incluso las bellas mujeres con que solía acudir a las fiestas de su padre. Hasta que las afiladas garras de los celos empezaron a hacer mella en ella. Hasta que quiso ocupar el lugar de aquellas mujeres.

—Yo...

—No soy ningún niño —la interrumpió Leon, y el

tono ronco y oscuro de su voz supuso una tentación de la que Rose fue incapaz de apartarse.

Antes de que pudiera decir nada, de que pudiera protestar, Leon estaba besándola como nunca la habían besado antes. Como nunca la había besado él antes, pues era el único hombre que lo había hecho.

Sus labios fueron firmes y exigentes mientras los movía sobre los de ella, y su lengua cálida y aterciopelada cuando penetró con ella en su boca para acariciarle la suya. Rose sintió de inmediato que sus pechos se volvían más pesados, que el centro de su feminidad palpitaba acalorado y se humedecía. Sintió que se hundía en aquellas sensaciones, en él, en una bruma de intenso deseo, que estaba total y completamente a su merced.

Experimentó una especie de enloquecido anhelo de devorarlo, de ser devorada. Lo rodeó con los brazos por el cuello cuando él le hizo levantarse y presionó los pechos contra el suyo con un instintivo suspiro de alivio. Quería fundirse completamente con él, perderse para siempre en aquella sensación.

Nada importaba excepto aquello, excepto el hecho de que, finalmente, después de tanto tiempo, Leon la estuviera besando.

Cuando Leon deslizó una mano por su espalda para presionarla contra él, ella separó los muslos y apoyó el pubis contra la palpable evidencia de su erección.

Leon gruñó roncamente y deslizó la mano hasta su pequeño y curvo trasero a la vez que cimbreaba las caderas contra ella.

Rose pensó en aquel momento que Leon no solo llevaba bastante tiempo sin beber alcohol, sino que también hacía el mismo tiempo que no mantenía aquel tipo de contacto sexual con una mujer.

Y fue aquel pensamiento lo que la impulsó a apartarse de él y a sentarse a la vez que se pasaba una temblorosa mano por el pelo.

—Lo siento —murmuró.

Leon la miró con el ceño fruncido.

—¿Por qué lo sientes?

—No recuerdas nada. No nos recuerdas a nosotros. Tu mente sigue conmocionada...

—Esto no tiene nada que ver con mi memoria. Creo que esto es algo distinto, algo totalmente sincero, natural.

Pero Rose sabía que no lo era. Porque ellos nunca habían hecho cosas como aquella. Porque Leon nunca la había tocado así. Pero fue incapaz de expresarlo, de admitirlo. No podía castigar de aquel modo los escasos rastros de orgullo que aún le quedaban.

—Creo que es mejor que no hagamos este tipo de cosas.

—¿Por qué? ¿Es porque estás enfadada conmigo por algo que sucedió antes de mi accidente?

—Es porque no me parece bien pedirte que te acuestes con una desconocida.

—Todo el mundo es desconocido para mí. Yo soy un desconocido para mí mismo. Y sin embargo duermo en mi propio cuerpo cada noche.

—Eso es distinto, y lo sabes.

—¿Lo es?

—Creo que simplemente eres... eres masculino, y por tanto eres capaz de buscar cualquier excusa para tener sexo.

Leon negó lentamente con la cabeza.

—Eres mi esposa. No eres una desconocida para mí. Y

siento que hay algo roto entre nosotros. Lo sé con tanta certeza como sé algunas cosas sobre mí. Y no necesito la memoria para saber que quiero enmendar eso.

—No depende exclusivamente de ti enmendarlo —murmuró Rose, que estaba experimentando una creciente opresión en el pecho.

—Pero quiero intentarlo.

—Será mejor que esperemos hasta que recuerdes —contestó Rose, a pesar de que lo último que quería era esperar, porque sabía que, si esperaban, Leon recordaría su indiferencia y perdería su interés por enmendar las cosas.

—Tú no eres mi médico, *agape*.

—No, no lo soy. Pero sí soy yo la que...

—No cometas el error de creer que porque no tengo recuerdos no entiendo o controlo mis deseos. Un hombre no necesita recuerdos para desear a una mujer. Siente el deseo en su cuerpo, en su sangre, y el mío arde de deseo por ti.

Rose inspiró profunda y temblorosamente. Leon estaba hablando y prometiendo cosas que hasta entonces solo habían existido en su fantasía, de placer, de un nivel de satisfacción que ella tan solo podía intuir. Pero aquellas promesas no eran para ella. En realidad no. Y por tanto tenía que resistir a toda costa, por intensa que fuera la tentación.

—No —dijo a la vez que se levantaba para encaminarse con paso firme hacia la casa.

Siguió avanzando, casi corriendo, hasta que se encontró en su dormitorio.

Y entonces, desolada, no pudo evitar sentir que acababa de huir de su propia salvación.

Capítulo 5

ROSE sentía que el corazón palpitaba en su pecho como un pájaro enjaulado.

Deseaba a Leon. Y aquello suponía una prueba muy dura para su voluntad, para su capacidad de contención, porque él le estaba ofreciendo en bandeja lo que deseaba.

Pero sabía que, al final, la satisfacción de aquel deseo acabaría suponiendo su perdición.

–Lo sería. Eso me mataría –murmuró en voz alta para tratar de convencerse.

Cerró los ojos con fuerza, apretó los puños y esperó a que su cuerpo dejara de temblar para moverse. Cuando recuperó el aliento se bajó la cremallera del vestido y lo dejó caer a sus pies. Luego entró en el baño y abrió los grifos para llenar la bañera.

Se quitó el sujetador y lo dejó caer al suelo. Luego deslizó las braguitas hacia abajo por sus muslos y, tras salir de ellas, también las dejó caer. A continuación volvió al dormitorio y sacó de un cajón de la cómoda un chándal viejo y holgado y la muda de ropa interior más recatada que encontró antes de regresar al baño.

No era tan tonta como para creer que podía comportarse de un modo totalmente racional tras haber saboreado a Leon. Muchas guerras habían empezado a causa del sexo, del deseo. Sabía que el sexo era muy poderoso, y sabía que habría sido estúpido considerarse inmune a aquella poderosa fuerza de la naturaleza.

Al ver que la bañera ya estaba casi llena, respiró profundamente y cerró los grifos. Luego se volvió hacia el lavabo y comenzó a sujetarse el pelo con unas horquillas, despacio, metódicamente, mientras se esforzaba por borrar de su mente lo que acababa de suceder.

–Me pregunto... –al escuchar una profunda voz masculina a sus espaldas, Rose se volvió y vio a Leon en el umbral de la puerta del baño. De sus oscuros ojos parecía emanar fuego líquido–. Me pregunto cuántas veces habré estado aquí mismo viendo cómo te preparas para tomar un baño. No recuerdo nada. No siento ningún picor en el cerebro.

Una mezcla de fascinación, vergüenza y acaloramiento hizo que Rose se quedara totalmente quieta. Leon nunca la había visto desnuda. Ningún hombre lo había hecho. Pero él no lo sabía, y no podía ser consciente de la intrusión que suponía aquello para ella.

–¿Un picor en el cerebro? –repitió mientras miraba desesperadamente a su alrededor en busca de una toalla o de algo con que cubrirse.

–Eso es lo que siento a veces cuando algo me resulta familiar pero no logro asirlo. Es como un picor en una parte del cuerpo que no puedo alcanzar. Pero ahora no siento nada parecido. Tal vez porque verte así hace que me resulte especialmente difícil pensar.

Rose tragó con esfuerzo. Y se olvidó de la toalla. Se olvidó de la vergüenza. Estaba totalmente paralizada. Habría sido fácil cubrirse un poco con las manos, pero sentía que se había convertido en una especie de estatua de sal como castigo por haber seguido mirando a Leon.

«No quieres cubrirte. Quieres que te siga mirando», le susurró su vocecita interior.

Y supo que aquello era cierto.

Históricamente, la gente siempre había sido muy estúpida en lo referente al sexo. Y ella estaba demostrando claramente por qué la humanidad estaba condenada a repetir la historia.

—Dices cosas muy bonitas —se escuchó decir en un tono ligero y suave.

—¿Siempre lo he hecho?

Rose negó con la cabeza.

—No dices cosas desagradables, pero... —enmudeció al ver que Leon entraba en el baño.

—Pero no te hago los halagos que te mereces. Tengo esa sensación. Intuyo que nunca he apreciado como es debido tu delicioso cuerpo —dijo él, mirándola abiertamente, sin ningún recato.

—¿Recuerdas cómo son las mujeres desnudas? Puede que eso sea todo, Leon. Puede que simplemente sea una novedad para ti —Rose siguió sin moverse. Se sentía como una ardilla aterrorizada y sin posibilidad de escape ante un terrible depredador.

«En realidad, no quieres escapar. Lo que quieres es ofrecerle tu cuello», susurró la vocecita.

—Claro que recuerdo cómo es una mujer desnuda, aunque no recuerdo una en concreto —Leon dio otro paso hacia Rose—. Sé que piensas que deberíamos esperar, pero quiero que me escuches. Intuyo con bastante claridad que lo que había antes entre nosotros estaba roto. Ya te lo he dicho antes y sigo pensándolo. Pero no me importa lo que pasara, ni lo deteriorada que estuviera nuestra relación. Siento que es bueno que estemos juntos, que así es como deben ser las cosas. Tú eres la mujer que deseo, la mujer con la que me casé. Si puedes perdonarme por lo que fuera que sucediera en el pasado, quiero que sigamos adelante como marido y mujer... en todos los sentidos –su voz se volvió más grave y ronca cuando añadió–: Y no quiero esperar a que se curen por completo mis costillas, ni a recuperar la memoria. Mi vida es un campo yermo, baldío. No tengo nada. Tan solo tengo esta conexión contigo, esta necesidad. Dame esto. Dame algo más que este desolador vacío.

Rose sabía que lo que Leon le estaba ofreciendo era un sueño hecho realidad. Aquello era lo que había esperado tras casarse, tras aquella noche de bodas que nunca llegó a cumplirse.

Hacía dos años que estaba casada y aún era virgen. Siempre había deseado a Leon, pero le había sido negado.

Y, de pronto, allí estaba, ofreciéndole esperanza, ofreciéndole todo lo que su corazón siempre había anhelado.

Y ella no era lo suficientemente fuerte como para decir «no». Ya había sido fuerte durante demasiado tiempo, de demasiadas formas. No podía seguir sacrificándose más.

Leon quería esforzarse para que su matrimonio funcionara. Quería que ella fuera su esposa en todos los sentidos. ¿Cómo iba a negárselo? ¿Cómo iba a negárselo a sí misma?

En aquella ocasión fue ella la que dio un paso hacia delante, la que avanzó hacia él, con el corazón en la garganta, aturdiéndola, haciéndole sentirse mareada. A pesar de todo, siguió avanzando.

Pero fue Leon el que dio el último paso, el que perdió la paciencia. La rodeó con los brazos por la cintura desnuda y la estrechó contra su cuerpo con un gruñido casi salvaje. Rose pudo sentirlo por completo, su calor, su dureza, la presión de su miembro contra la cadera.

Oh, cómo lo deseaba. No había palabras para expresar la intensidad de su deseo, de su necesidad, que prácticamente le impedía respirar o pensar.

–¿Me tienes miedo, Rose? –Leon hizo aquella pregunta con suavidad, con ternura, y Rose sintió que su corazón se henchía.

–Claro que no.

–Me miras como si fuera una especie de monstruo.

–No es a ti, sino a... esto que hay entre nosotros. A todo esto. Tengo la sensación de que es una especie de monstruo que podría devorarnos.

Leon se rio roncamente.

–¿Siempre ha sido así?

–Para mí sí –contestó Rose con voz estrangulada.

–Creo que para mí también.

Rose se rio.

–Eso no lo puedes saber.

–Claro que sí. Igual que sé que soy generoso.

–Ya te he dicho que tenemos opiniones distintas al respecto.

–Lo que me lleva a pensar que es posible que yo demuestre las cosas que siento de forma distinta a otras personas –dijo Leon–. Pero eso no significa que no las sienta. Sé que eso forma parte de mí.

–No sueles decir cosas como esa –murmuró Rose, sintiendo el repentino y contradictorio impulso de apartarse. Aquello era demasiado. Porque aquel no era Leon.

Aquel no era el hombre distante e impenetrable que siempre había conocido.

El Leon que conocía no sentía aquello por ella. De lo contrario, ya la habría tocado de aquel modo, y no habría pasado sus noches en la cama con otras mujeres.

Pero no podía decírselo en aquellos momentos. Y tampoco podía apartarse de él, porque el deseo por permanecer entre sus brazos era mucho más intenso.

–No hablemos –murmuró–. Bésame, por favor.

Leon no dudó. Y, en cuanto tocó con sus labios los de Rose, ella sintió que se inflamaba. La necesidad y el deseo que había experimentado en la terraza se magnificaron al sentir las grandes manos de Leon en su cintura desnuda, al notar los pezones presionados contra la tela de su camisa.

Ya no quería luchar y, si aquello era una guerra, había sido conquistada y derrotada.

Le daba igual saber que aquello estaba mal. Había pasado muchos años tratando de hacer lo correcto y a cambio solo había recibido decepciones, desilusión.

Ni siquiera se sentía culpable. Sentía euforia, libertad. Por fin se encontraba entre los brazos del hombre que siempre había deseado, y no iba a pensar en nada más.

Pero las cosas eran muy distintas a como siempre se las había imaginado, porque Leon estaba asumiendo que ella lo amaba, y también que él la correspondía.

Aquello le hizo sentirse más fuerte, menos vulnerable, y no tanto la virgen recién casada que había sido.

Apoyó la mano contra el pecho de Leon y se deleitó sintiendo la dureza de sus músculos, la evidencia de su fuerza. Antes de darse cuenta de lo que hacía estaba desabrochándole los botones y apartando la camisa para tocarle la piel.

Mientras lo acariciaba, él le sostuvo la nuca con una mano y profundizó su beso con la lengua mientras deslizaba la otra hasta su trasero. Era una postura posesiva, la de un hombre muy seguro de lo que deseaba.

Y la deseaba a ella. Daba igual lo que hubiera querido en el pasado. Aquel era el presente, y la estaba eligiendo a ella.

Rose no sabía lo que estaba haciendo. No tenía ninguna habilidad en el arte de la seducción. Tan solo contaba con su pasión, pero dudaba de que hubiera otra mujer viva que sintiera tanta pasión por Leon Carides como ella. Sus carencias en el terreno de la experiencia podían ser compensadas con creces con su deseo.

Retiró la camisa de los hombros de Leon para acariciarle lentamente la piel, maravillada ante lo bien formado que estaba.

Pero las cosas empezaron a ir más rápido de lo que había anticipado. Cuando Leon retiró la mano que apoyaba en su trasero para introducirla entre sus muslos y acariciar los húmedos labios de su sexo, el placer y la acuciante necesidad de satisfacción que experimentó hicieron que apenas pudiera respirar. Sabía que tan solo le hacía falta una caricia un poco más íntima, un solo beso para perder el control.

Pero no le importaba. Aquello era lo que quería. Algo salvaje, algo que llegara más allá del deseo, más allá de la vergüenza. Era como si el destino le hubiera dado la oportunidad de comenzar de nuevo. Aquella era su oportunidad para crear un nuevo recuerdo, tanto para sí misma como para Leon. Aunque él recuperara la memoria, también tendría aquel recuerdo grabado en su mente. Finalmente la vería como una mujer, no como la poquita cosa encerrada entre libros que había sido.

Si era aquello lo que se interponía entre ellos, si era el respeto y afecto que Leon había sentido por su padre lo que le había impedido ir más allá con ella, ya no era así.

En aquellos instantes solo existían ellos y su descontrolada pasión.

Leon gruñó a la vez que la tomaba por ambos muslos para que rodeara con ellos sus caderas y la condujo hasta la cama, donde la tumbó para hacerle sentir entre las piernas la firmeza de su erección contra la tela de su pantalón.

Rose se mordió el labio inferior mientras temía ser consumida por los nervios.

–Ya me estás mirando así de nuevo –dijo Leon con delicadeza–. No tengas miedo de mí, *agape*. Solo quiero hacer que te sientas bien. Quiero convertir esto en un recuerdo mutuo. Quiero que te sientas muy cerca de mí. A veces me pregunto si tú también has perdido la memoria –añadió mientras se desabrochaba el pantalón y bajaba la cremallera.

–No he perdido la memoria. Pero tú... eres diferente. Esto es diferente.

–Lo siento –Leon terminó de bajarse los pantalones y su erección quedó expuesta ante la maravillada mirada de Rose. Era tan hermoso, tan intensamente masculino... tan grande.

–¿Por qué lo sientes? –logró murmurar con voz ronca.

–Por haber sido como era –dijo Leon a la vez que se tumbaba a medias sobre ella y empezaba a acariciarle todo el cuerpo con una mano–. ¿Qué es lo que más te gusta?

–Tú –contestó Rose con toda naturalidad.

–Seguro que hay algo específico que te gusta que te haga.

–Me gusta todo lo que quieras hacerme. Me gustas todo tú. Eso es lo que quiero. Eso es lo que siempre he querido –aquellas palabras surgieron de lo más profundo del ser de Rose, de su alma, y no sintió ninguna vergüenza por haberlas pronunciado.

–Eres demasiado complaciente conmigo. Creo que deberías hacerme implorar un poco, rogarte –murmuró Leon antes de inclinarse para besarla en el cuello.

–Soy yo la que está a punto de rogarte –dijo Rose sin aliento.

–No hace falta que me ruegues. Estoy a tu merced. Soy tu gustoso esclavo –Leon dejó un rastro de besos desde el cuello de Rose hasta la curva de sus pechos y le lamió un pezón antes de absorberlo con delicadeza en su boca. Ella se arqueó en la cama y aferró las sábanas con ambas manos a la vez que dejaba escapar un delicioso gemido.

–Eres muy sensible –murmuró Leon antes de trasladar su atención al otro pecho.

Prácticamente enajenada a causa de una enloquecedora mezcla de placer y frustración, Rose separó las piernas y se frotó contra el muslo de Leon en busca de la liberación que su cuerpo anhelaba.

–E impaciente.

Leon fue descendiendo por el estómago de Rose hasta situarse entre sus muslos y, tras exhalar un ronco gemido, deslizó lentamente la lengua entre los labios de su sexo. Las intensas y deliciosas sensaciones que recorrieron el cuerpo de Rose en firmes oleadas le hicieron alcanzar al instante la anhelada liberación. Cuando su orgasmo comenzó a remitir, estaba jadeando, temblorosa... y lista para más. Lista para todo.

–Leon –susurró, desesperada–. Te necesito.

–¿Me quieres dentro de ti? –Leon introdujo lentamente un dedo en el sexo de Rose a la vez que seguía acariciando el centro de su deseo con la lengua. La sensación de la penetración era nueva para ella, y le encantó. Le encantó tener a Leon dentro de ella.

Él no podía saber que necesitaba aquel preámbulo, aquel momento de penetración previa y, sin embargo, parecía haberlo intuido.

–Sí, sí... –gimió, jadeante.

Entonces Leon se situó entre sus muslos y, a la vez que la besaba apasionadamente, tanteó con su poderoso y palpitante miembro la entrada del cuerpo de Rose. Preparándose instintivamente para lo que iba a suceder, Rose tensó involuntariamente los músculos justo cuando Leon la penetró. El dolor laceró su cuerpo, agudo e inesperado. Sabía que iba a dolerle un poco, pero fue más que un poco.

Se aferró a los hombros de Leon y le clavó las uñas en la piel mientras trataba de recuperar el aliento. Él le dedicó una inescrutable mirada con sus ojos oscuros y se retiró lentamente para volver a penetrarla, más despacio.

Y, en un instante, como por arte de magia, ambos se vieron envueltos en la misma necesidad, en un mismo, intenso y primario deseo.

El dolor quedó olvidado. Los nervios también. Todo quedó en el olvido excepto el desesperado anhelo de Rose por seguir unida a Leon y alcanzar la cima de su deseo. Deslizó las manos por su espalda hasta sus firmes

glúteos, y luego de nuevo hacia arriba, a su fuerte mandíbula. Ladeó la cabeza y lo besó en el cuello, raspó con
sus dientes el tenso tendón que revelaba el desesperado
esfuerzo que estaba haciendo Leon por mantener el control, por no dejarse ir. Rose sintió cómo empezaban a
temblar todos sus músculos mientras se movía dentro de
ella, cómo se acercaba a la liberación, y sentir aquello le
hizo perder por completo su propio control. Gritó, ar-
queándose contra él, y experimentó un orgasmo mucho
más intenso que el anterior mientras los músculos de su
sexo comprimían con fuerza el de Leon, que, tras penetrarla profundamente dos veces más, dejó escapar un
ronco gemido a la vez que echaba atrás la cabeza y libe-
raba dentro de ella su cálida semilla.

Rose se sintió maravillosamente aturdida, como si
una tormenta de deliciosas e intensísimas sensaciones
acabara de arrasar su cuerpo. Apenas podía recordar su
nombre. Por un momento pensó que así era como debía
de sentirse también Leon: fresco, renovado, renacido.

—Tus costillas —al recordar de pronto que estaba herido deslizó con delicadeza una mano por su costado.
Él la miró con una expresión extrañamente intensa.

—Dime una cosa, Rose —dijo con voz ronca mientras
se tumbaba junto a ella—. ¿Cómo es posible que siguieras siendo virgen después de haber estado dos años
casada conmigo?

Capítulo 6

ROSE era preciosa y él se sentía increíblemente atraído por ella. Y no solo eso, sino que se había casado con ella. Aquello no tenía sentido.

Un sentimiento de frío miedo atenazó su estómago.

—¿No me deseabas? ¿Acabo de... forzarte?

—Sabes que no. Te he dicho que te deseaba.

—Entonces... ¿por qué no habíamos consumado nuestra unión antes?

Rose apartó la mirada. Habría querido desaparecer, que se la tragara la tierra.

—Tú no me deseabas.

—Pero ¿cómo es posible? —preguntó Leon, perplejo.

—No lo sé, pero así era. Y aun sabiéndolo te he dicho que sí, a pesar de que no recuerdas lo poco que me deseabas —la voz de Rose se convirtió en apenas un susurro cuando añadió—: En la vida real, Leon Carides no desea a Rose Tanner. Tú no lo sabías, pero yo sí. Lo siento.

Leon apenas se sentía capaz de pensar.

—Pero eres mi esposa.

—No dejas de decir eso, pero te aseguro que eso no ha significado nada para ti desde que nos casamos.

—Pero yo quiero que signifique algo —Leon no sabía de dónde procedía aquella certeza, pero la sentía. No

tenía recuerdos, pero sí sabía que poseía aquel sentimiento.

—Puede que dejes de quererlo cuando recuerdes.

—¿Y por qué no significaba nada para mí estar casado contigo?

—No lo sé —dijo Rose sin poder ocultar su dolor, su
tristeza.

—Empieza desde el principio. ¿Por qué nos casamos?

—Por la casa y por la empresa que diriges ahora. Y
por mi padre. Se estaba muriendo y tú eras como un
hijo para él. Te quería y quería que todo esto fuera para
ti. Y saber que también ibas a ocuparte de mí le dio
mucha paz.

Leon sintió que se le encogía el corazón. El padre de
Rose lo había querido como a un hijo, había confiado
totalmente en él... ¿y él qué había hecho? Se había casado con ella como una mera formalidad y luego se
había dedicado... Rose había mencionado lo aficionado
que era a salir por su cuenta. Pensar en aquello le hizo
sentirse enfermo.

—Cuando salgo, ¿qué suelo hacer?

Rose lo miró con expresión turbulenta, reacia a contestar

—Te gusta beber.

—¿Y qué más?

—Te gustan... te gustan las mujeres.

Leon experimentó una punzada de intenso dolor en
el pecho, en el cerebro, en las costillas.

—Te he sido infiel —murmuró.

—Nuestro matrimonio no es nada convencional. Como
has podido comprobar, nunca me habías tocado. Me

besaste el día de nuestra boda y eso fue todo. Me dijiste que nada tenía por qué cambiar. Casi creo que esperabas que me buscara un amante. Pero eres mi esposo, y no podía hacerlo.

Claro que no podía, se dijo Leon. Rose era demasiado dulce, demasiado joven e inocente. Él era mayor, más duro. No sabía por qué era así, pero se sentía asqueado de sí mismo. La vida le había concedido el regalo de aquella maravillosa mujer, de aquella esposa, y él la había tratado como si fuera un guiñapo.

—Quiero hacer las cosas mejor.

—¿Qué?

—Quiero portarme mejor contigo. Con nosotros. Tenemos la oportunidad de cambiar las cosas, de comenzar de nuevo —Leon agitó la cabeza con expresión amarga—. Pero supongo que soy yo el único que la tiene. Tú recuerdas todo, sabes exactamente lo que te he hecho. Resultaría fácil disculparme desconociendo mis pecados, pero no me merezco tu perdón.

—Debería haber hablado contigo desde el principio de nuestro matrimonio, Leon —dijo Rose, a punto de llorar—. Pero creo que no quise hacerlo con la esperanza de que acabara sucediendo esto. En realidad, te he manipulado.

—No estoy enfadado contigo por eso. ¿Cómo iba a estarlo? Me casé contigo para conseguir esta casa, la empresa, para tranquilizar a tu padre, pero ¿qué conseguiste tú?

Rose carraspeó.

—Si nos divorciábamos después de cinco años yo me quedaba con la casa. Pero supongo que habrías querido que siguiéramos casados para poder conservarla.

—¿Cuántos años tengo, Rose?

–Treinta y tres.

–Soy diez años mayor que tú –Leon asintió lentamente–. Cuando te casaste conmigo, ¿qué esperabas que
pasase?

Rose se ruborizó.

–Supongo que algo muy parecido a lo que acaba de
pasar ahora.

–De manera que no te advertí antes de casarme contigo de que tenía intención de seguir viviendo como si
fuera soltero.

–No.

–En ese caso, creo que solo has estado tratando de
reclamar con todo derecho lo que te mereces y se te
debe. Y creo que tenemos que tratar de arreglar las cosas. Juntos.

–¿Y qué pasará cuando recuerdes, cuando las cosas
vuelvan a ser como antes?

–No voy a perder estos nuevos recuerdos solo porque
recupere los antiguos. No puedo imaginarme nada que
pueda cambiar lo que hay entre nosotros ahora –Leon
alargó una mano para acariciar la delicada piel de la mejilla de Rose–. ¿Cómo iba a poder seguir viviendo contigo sin desear acariciarte todo el rato? ¿Cómo iba a volver a meterme en la cama de otras mujeres si es a ti a la
única que deseo tener entre mis brazos?

Tras decir aquello, Leon se inclinó para besar a Rose
en los labios.

Y no volvieron a hablar durante el resto de la noche.

Leon apreciaba el hecho de que el doctor le hubiera
ordenado pasar unas horas al día sentado al sol para

que no sufriera alguna carencia vitamínica, pero habría preferido estar en casa que en la terraza.

En casa, con Rose desnuda entre sus brazos mientras le daba placer una y otra vez.

Se sentía insaciable por su esposa, por la mujer a la que nunca había tocado antes del accidente. La mujer a la que había dejado virgen tras dos años de matrimonio.

Frunció el ceño. No lograba entender por qué había hecho algo así. Y eso le preocupaba. Y mucho, porque en aquellos momentos no podía imaginarse a sí mismo manteniendo a Rose a distancia. Quería sentirla desnuda contra su piel todo el rato.

Pero había habido algo. Algo lo suficientemente grave como para haberlo impulsado a mantenerse alejado de ella, de su cuerpo, para haber permitido que siguiera virgen.

Una parte de sí mismo quería conocer el motivo.

Pero había otra que quería que las cosas siguieran como estaban en aquellos momentos. Porque ahora tenía a Rose, y sabía que jamás querría que se fuera de su lado.

Todo transcurrió perfectamente a lo largo de las dos siguientes semanas. Y aunque Rose no podía evitar sentir una constante y amenazadora inquietud rondando su pecho, hacía todo lo posible por ignorarla. Leon era el hombre más cariñoso y solícito que había conocido, y el sexo con él era mucho mejor y mucho más satisfactorio de lo que jamás se habría imaginado. Era increíble. Él era increíble. Había tal pasión entre ellos que resultaba imposible imaginarse que antes hubiera habido tanta frialdad.

Sentirse como una recién casada tras dos años de matrimonio le hacía sentirse feliz, casi flotando... aunque siempre acababa aflorando la inevitable inquietud que de pronto atenazaba su corazón.

Se apartó aquel pensamiento de la cabeza mientras avanzaba por el pasillo en busca de Leon, que cada vez se sentía mejor y se movía con más soltura. Aún no había recordado nada, pero se había empeñado en reaprender cada centímetro cuadrado de la casa y sus terrenos.

Supuso que estaría en algún lugar en los jardines.

«Esto no es real», le susurró su vocecita interior. «Cuando recuerde, todo volverá a ser como antes. Cuando recuerde, volverá a enfrascarse en su trabajo y volverá a acostarse con otras mujeres que saben de verdad cómo complacer a un hombre, no con una triste virgen que se ha pasado la vida encerrada».

Apretó los dientes y trató de ignorar aquella voz, el origen de su inquietud.

—Señora Tanner —Rose se volvió al oír la voz del ama de llaves. Parecía preocupada—. Ha venido alguien que quiere ver al señor Carides.

Rose negó firmemente con la cabeza.

—Pero Leon no puede ver a nadie. No queremos que nadie se entere de que tiene problemas con su memoria.

—Es... es una mujer.

Rose sintió que se le encogía el corazón.

—¿Ah, sí?

—Una mujer acompañada de un abogado y de un bebé.

Rose ni siquiera respondió. Sin apenas pensar en lo que estaba haciendo, se encaminó rápidamente hacia la puerta principal.

La mujer que vio al abrirla era preciosa. Rubia, alta, perfectamente maquillada. Vestía con una aparente sencillez que realzaba el tono de su piel, sus formas, su belleza. El abogado que la acompañaba vestía un severo traje y su expresión era seria. Y ante ellos había un cochecito con la capota bajada, de manera que no se veía al bebé que había dentro.

—Soy la esposa de Leon Carides —dijo Rose con voz temblorosa—. ¿Qué sucede?

—Mi cliente tiene un asunto que tratar con el señor Carides —dijo el abogado mientras la mujer permanecía a su lado, muy pálida y silenciosa.

—No sé si lo saben o no, pero mi marido ha sufrido hace poco un grave accidente de coche. Aún se está recuperando.

—A pesar de todo, creo que querrá enterarse de lo que venimos a decirle.

—Díganmelo antes a mí —replicó Rose.

—Si él le da permiso para...

—No —la mujer interrumpió a su abogado con firmeza a la vez que se cruzaba de brazos—. Quiero ver a Leon. Quiero entregarle su bebé.

Rose no quiso creer lo que estaba escuchando, aunque había sabido desde el primer instante que era cierto.

—¿Qué?

—Su bebé —repitió la mujer—. Este bebé es suyo, y ha llegado el momento de que asuma sus responsabilidades.

Para cuando todos estuvieron sentados en el despacho de Leon, Rose se sentía completamente aturdida. Y Leon no parecía estar mucho más despejado. Tan solo era capaz de mirar con expresión perpleja a la mujer que aseguraba ser la madre de su bebé, una niña de cuatro meses que dormía plácidamente bajo una mantita rosa. Tenía el pelo oscuro, largas pestañas y era preciosa.

Y era de Leon. De Leon y de April. Así se llamaba la mujer.

Rose sintió náuseas mientras el abogado mencionaba el acuerdo al que por lo visto había llegado Leon con April. Leon permaneció con expresión estoica, sin decir nada. Aún trataban de ocultar su amnesia, algo realmente complicado estando sentado junto a una ex-amante a la que no recordaba y con la que había tenido una hija que tampoco recordaba.

Pero todos los papeles que lo demostraban estaban allí. El reconocimiento de su paternidad, las pruebas de ADN, el acuerdo por el que concedía a April la custodia de la niña además de una pensión.

—Sé cuál fue nuestro acuerdo —dijo April, hablando despacio—, pero me siento incapaz de cuidar de ella. Y, sobre todo, no quiero hacerlo. Pensé que merecería la pena, especialmente teniendo en cuenta todo el dinero que me estás pagando, pero no puedo. Esperaba experimentar alguna transformación, un repentino instinto maternal que lo cambiara todo, pero no ha sido así —añadió con tristeza—. Podría haberme dedicado a contratar niñeras con la pensión, pero quiero algo mejor para ella. Voy a darla en adopción, pero he pensado que antes debía hablar contigo. Estoy dispuesta a renunciar a mis derechos sobre ella.

—Aunque seguirá cobrando su pensión, por supuesto —añadió el abogado.

–Por supuesto –dijo Rose en tono crispado.

–Sí –el tono de Leon resultó algo más sincero–. Por supuesto.

–En ese caso, señor Carides, mi cliente desea concederle la custodia de la pequeña Isabella si está dispuesto a aceptarla.

Rose estuvo a punto de levantarse y gritar que no, que se llevaran al bebé a cualquier otro sitio. No era justo. Leon y ella estaban creando una nueva vida para sí mismos, estaban tratando de lograr que su matrimonio funcionara. Era ella la que debía tener sus hijos, no otra. Aquel debería ser su bebé.

Pero al mirar a la pequeña dormida tan solo fue capaz de sentir tristeza. No era culpa de Isabella que su madre no quisiera ocuparse de ella. No era culpa suya que su padre hubiera sido tan negligente. Todos los adultos que había en aquella habitación habían tomado sus propias decisiones, pero aquella pequeña no.

–Por supuesto que la acepto –dijo Leon con la voz quebrada.

No consultó la opinión de Rose, pero ella comprendió que no podía culparlo. ¿Qué podía hacer sino aceptar a su hija?

No dijo nada mientras Leon y April firmaban todos los papeles, papeles que no la incluían a ella, porque, a fin de cuentas, ¿qué pintaba ella en todo aquello?

–Gracias –dijo finalmente April en tono apagado–. No puedo decir que me sienta especialmente orgullosa de haber hecho esto.

A Rose no le preocupaba en absoluto el orgullo de aquella mujer, y no sintió la más mínima compasión por ella.

Pero Leon no parecía sentir lo mismo.

–Estás haciendo lo que consideras más adecuado para la niña, y deberías sentirte orgullosa de ello –dijo.

April ladeó la cabeza mientras lo miraba.

–Pareces diferente –murmuró–. Aunque la verdad es que tampoco nos conocíamos demasiado.

–He dejado de beber.

–Puede que sea eso.

Cuando April se volvió hacia Rose, esta deseó que se la tragara la tierra. Habría deseado odiarla con toda su alma, pero al ver su expresión de tristeza, de agotamiento, fue incapaz de hacerlo.

–Lo siento –dijo la mujer.

–No tienes por qué sentirlo –replicó Rose–. Es Leon el que tiene que responder por sus actos. No fuiste tú la que hizo sus votos cuando nos casamos.

April asintió lentamente y, a continuación, ella y el abogado salieron del despacho sin mirar atrás.

Rose se sentía como si entre ella y Leon acabara de detonar una pequeña bomba rosa. Todo lo sucedido durante aquellos últimos días no había sido más que una ilusión. El hecho de que Leon no recordara el pasado no había hecho que este desapareciera.

–No tenemos nada de lo que necesita un bebé –dijo Leon finalmente.

–¿Es de eso de lo que vas a preocuparte ahora?

–¿Qué quieres que diga? No recuerdo nada de esto, aunque los papeles demuestran que todo es cierto.

–Renunciaste a tus derechos sobre la hija que tuviste con otra mujer durante nuestro matrimonio.

–Sí. Pero tú ya sabías que me acostaba con otras mujeres.

–Pero resulta sorprendente que tuvieras una hija con una de ellas –el tono de Rose reveló la histeria que empezaba a crecer en su interior–. Ese es todo un secreto que mantener.

–Me inquieta mucho más el hecho de no haber querido saber nada de Isabella.

–Supongo que querías evitar ese panorama.

–¿Qué clase de hombre es capaz de hacer algo así? –preguntó Leon–. ¿Qué clase de hombre es capaz de pagar a una mujer para mantener a un hijo suyo alejado de su vida?

–Tú –dijo Rose con firmeza, sin preocuparse por la posible crueldad de su tono–. Al parecer, tú.

–Estoy empezando a pensar que no sé nada en absoluto sobre mí mismo –murmuró Leon en tono sombrío.

Pero Rose no sintió ninguna lástima por él. Se negaba a sentirla.

–Yo tampoco –tras decir eso, giró sobre sus talones y salió del despacho, consciente de que aquello era lo más cruel que podía hacer en aquellos momentos. Dejar a Leon a solas con sus pensamientos. Con su hija.

Leon miró al bebé mientras experimentaba una tormenta de emociones en su interior. ¿Quién era? ¿Qué clase de hombre era capaz de mantener a su esposa virgen y medio oculta en una mansión mientras él seguía viviendo su vida como si ella no existiera?

¿Y qué podía hacer uno cuando descubría que era un monstruo? Porque él lo había sido. No cabía otra explicación para todo aquello. Los hombres de verdad no abandonaban a sus hijos de aquella manera, no pagaban para librarse de ellos.

Ni siquiera sabía si había sostenido alguna vez un bebé en sus brazos. Desde luego, no había sostenido a aquel.

De pronto se encontró en cuclillas ante el cochecito, con el corazón latiéndole con tal fuerza en el pecho que apenas podía respirar. Miró a la niña dormida, tan pequeña, tan perfecta, abandonada por su madre y condenada a quedarse con el hombre que había sido capaz de renunciar a ella para que no le molestara.

–Lo siento –murmuró con la voz quebrada–. Siento haber sido el hombre que era. Pero no pienso abandonarte. Pienso arreglar esto y ser el padre que te mereces. Pienso ser el hombre que ambas os merecéis.

No supo cuánto tiempo permaneció allí, sentado en el suelo, mirando a su hija. Pero, al cabo de un rato, la niña empezó a moverse y dejó escapar un agudo gemido mientras se despertaba. Abrió sus ojitos, azules, y miró a su padre con el ceño fruncido, como si fuera su enemigo. Luego se puso colorada y empezó a llorar.

Leon se puso en pie y tomó el capazo del cochecito sintiendo auténtico pánico.

Necesitaba encontrar a alguien. A quien fuera. No quería tomar en brazos a la pequeña. No sabía cómo hacerlo. Temía hacerle daño.

–¡Rose! –dijo mientras salía y avanzaba por el pasillo–. Rose, te necesito.

Rose salió de la biblioteca, pálida, con los ojos enrojecidos.

–¿Qué pasa?

–El bebé está llorando.

–Así es –replicó Rose a la vez que se cruzaba de brazos.

–No sé qué hacer.

–¿Y qué quieres que haga yo?

–Ayúdame –suplicó Leon.

Rose permaneció quieta un momento, impasible, pero su expresión acabó por suavizarse mientras la pequeña seguía llorando.

–No voy a ayudarte a ti. Voy a ayudarla a ella. Deja el capazo en el suelo.

Cuando Leon obedeció, Rose se acuclilló, liberó al bebé del cinturón que lo sujetaba y lo tomó en brazos. Leon sintió que se le encogía el corazón ante aquella imagen. Había algo familiar y a la vez desconocido en todo aquello, algo que le hizo experimentar una desasosegante sensación de temor.

–Puede que tenga hambre –murmuró Rose.

Al ver una lágrima deslizándose por su mejilla, Leon sintió un profundo desprecio por sí mismo. Tenía ante sí a las dos mujeres más importantes de su vida llorando y era incapaz de hacer nada por ellas, de consolarlas.

–¿Te encuentras bien? –preguntó, consciente de que no era la pregunta adecuada.

Rose lo miró con frialdad.

–No sé cómo cuidar de un bebé. No sé qué hacer. No es esto lo que quiero –dijo con la voz quebrada.

–Primero voy a enviar a alguien a comprar comida y lo necesario –Leon se dio cuenta de que había empezado aquella frase como si tuviera clara una lista de acciones a llevar a cabo. Pero no era así.

–Eso estaría bien –el tono de Rose sonó tenso, rígido–. Por favor... toma a la niña –añadió a la vez que ofrecía la pequeña a Leon.

Leon tomó a la niña en brazos y la acunó contra su pecho. Tan solo fue capaz de mirarla y de sentir un intenso miedo, como si tuviera en brazos un tigre devorador de hombres y no un bebé.

Cuando alzó la mirada, Rose se había ido.

Y él estaba a solas en medio del pasillo con su hija.

Capítulo 7

ROSE se sentía como si estuviera hecha de dolor. Había pasado el día acurrucada en la cama, sintiéndose como un guiñapo. Asumía que Leon se estaba ocupando de Isabella, y se sentía culpable por asumirlo. Pero no lo suficiente como para moverse de la cama.

No tenía ninguna experiencia con bebés, y no podía ofrecerle ninguna ayuda. Alguien del servicio se ocuparía de echarle una mano.

No sabía cómo enfrentarse a aquella situación. No sabía cómo se suponía que iba a poder perdonar algo así.

Al oír que se abría la puerta de su habitación, se irguió en la cama con la manta aferrada contra el pecho.

—¿Qué quieres? —preguntó con frialdad al ver a Leon en el umbral.

—¿Vas a seguir enfadada conmigo?

—Probablemente.

—No puedo hacer nada respecto a todo esto, Rose. No puedo hacer que el tiempo dé marcha atrás.

—Y yo no puedo hacer nada por evitar sentirme destrozada. No entiendo... no entiendo cómo pudiste hacer algo así.

Entonces Leon estalló. Toda la tensión que Rose se

imaginaba que había estado bullendo en su interior desde el accidente, desde que se había quedado sin recuerdos, comenzó a emanar de él a borbotones.

–¡No sé cómo pude hacer algo así! –exclamó, desolado–. ¡No recuerdo nada! ¡No sé qué clase de razonamientos pudieron llevarme a actuar de ese modo! ¿Por qué no dormía contigo? ¿Por qué di la espalda a mi hija? No tengo ninguna respuesta. Todo se ha esfumado. Comprendo que estas son las consecuencias de mis actos, y que el hecho de no tener respuestas no me convierte en inocente. Pero eso no hace que la situación resulte más fácil.

Rose apretó los dientes, esforzándose por luchar contra la compasión, contra cualquier posibilidad de mostrarse comprensiva. Se aferró a su rabia como a un salvavidas, y se negó a soltarla.

–Tampoco hace que las cosas sean más fáciles para mí. Ni siquiera puedo recriminarte por tus actos como querría. No puedo obtener respuestas de ti, aunque probablemente no me las darías si pudieras recordar. Así es como eres. Fuiste bueno y amable conmigo en el pasado, y yo me he aferrado siempre a esos recuerdos como si tuvieran algo que ver con el hombre en que te convertiste.

–¿Y cómo era ese hombre?

–Un playboy aburrido y cínico con un problema con la bebida. Un hombre al que le había sido concedido todo y que no parecía sentir nada –Rose respiró profunda y temblorosamente antes de continuar–. Eres un hombre de negocios brillante, pero eres un marido terrible. Tan solo te amas a ti mismo, Leon. Y hace mucho que las cosas son así.

Leon parecía anonadado, pero Rose pensó que se lo merecía. Hasta ese momento jamás se había permitido expresar nada parecido al profundo dolor que estaba experimentando, nada parecido a la rabia que ardía en su interior.

Pero en aquellos momentos se estaba permitiendo hacerlo.

–No tengo excusas –dijo Leon–. Los motivos dan igual. Me comporté de un modo horrible y lamento con todo mi corazón haberte hecho daño. Lamento haber hecho daño a April, a Isabella. Lo siento.

La sinceridad y el dolor de su tono eran evidentes, pero Rose no encontró en su interior el más mínimo resquicio para la compasión.

–Eso no cambia nada. ¿De qué sirve que lo «sientas»? ¿Acaso puedes devolverme los dos últimos años de mi vida? ¿Puedes devolverme mi corazón? Estoy tan cansada de que poseas mi corazón... Soy una estúpida por haberte amado durante los pasados quince años sin que te lo merecieras.

–Supongo que nunca me merecí que sintieras nada por mí.

–¡Claro que no! Y tampoco te merecías el afecto de mi padre. El mundo y la vida han sido generosos y buenos contigo. Supongo que tu única verdadera tragedia fue el accidente que sufriste en Italia.

Leon recorrió en dos zancadas el espacio que lo separaba de la cama y tomó a Rose de la cintura para hacerla ponerse en pie.

–Me merezco todo esto –murmuró mientras la estrechaba contra su cuerpo–. Todo esto y más. Deja salir tu rabia, *agape*. Déjala salir toda.

–Te odio –siseó Rose–. Te odio tanto como creí que te amaba. ¿Cómo te atreves a hacerme esto? Me he pasado la vida tratando de complacer a los demás. Fui la hija que mi padre necesitó. Me ocupé de él tras la muerte de mi madre. Nunca permití que me viera llorando, nunca le hice saber cuánto echaba de menos a una madre en mi vida, lo sola que me sentía. No quería que se preocupara, y acepté casarme contigo para que se quedara tranquilo, aunque sabía que tú no me amabas –se interrumpió por un instante, pero, a pesar de que le estaba costando respirar, siguió hablando–. Jamás te hice saber el sufrimiento que suponía para mí que te fueras con otras mujeres. Simplemente aceptaba lo que tenías a bien ofrecerme, las migajas que me arrojabas al suelo, porque tan solo soy una criatura triste y patética. ¡Pero ya he dejado de ser «tu» criatura!

Leon tomó el rostro de Rose entre sus manos y la miró a los ojos.

–No puedes odiarme más de lo que me odio a mí mismo.

–¡Claro que puedo! –le espetó ella–. ¡Ojalá pudieras sentir esto! –dijo a la vez que apoyaba una mano contra su pecho–. ¡Ojalá pudieras sentirte exactamente como me sentí yo por lo que me hiciste!

Las lágrimas ardían como ascuas en sus ojos y su corazón parecía a punto de estallar. Se sentía desesperada. Desesperada por hacer comprender a Leon su dolor. Quería que lo sintiera, que lo comprendiera, porque él siempre había parecido obtener de la vida lo que había querido, incluso su deseo. Porque lo deseaba con auténtica desesperación con cada poro de su cuerpo, incluso en aquellos momentos, cuando más lo odiaba.

Lo rodeó con los brazos por el cuello y ladeó la cabeza a la vez que se ponía de puntillas para besarlo. Lo besó con toda la rabia acumulada en su interior, con la esperanza de que su odio lo destruyera tan lentamente como la estaba destruyendo a ella.

Gimió angustiada mientras entreabría los labios para introducir la lengua en su boca. Se odió a sí misma casi tanto como a él por desearlo a pesar de todo, por necesitar su consuelo a pesar de ser él el culpable de todo su dolor.

Alzó las manos entre sus cuerpos y lo aferró por la camisa mientras seguía besándolo. Leon dio un paso atrás sin soltarla y, tras alcanzar la pared, giró rápidamente sobre sí mismo para que fuera la espalda de Rose la que quedara apoyada contra esta.

Rose sintió los fuertes latidos de su corazón bajo las palmas de las manos y la ropa que vestían se convirtió en una barrera insoportable. No podía soportarla en aquellos momentos, no podía soportar que hubiera más secretos, más mentiras, ni siquiera las que se hallaban perdidas en los oscuros recovecos de la mente de Leon.

No podía borrar todo aquello, pero sí podía hacer algo respecto a la ropa. Sin pensárselo dos veces, con una fuerza que ni siquiera sabía que poseía, le arrancó la camisa del torso. Unos instantes después estaban ambos desnudos, piel contra piel, jadeantes, como si estuvieran tratando de fundirse en un solo cuerpo.

La desesperación de Leon igualaba la de Rose. Y también su dolor. Aquello no lo absolvía de nada, pero al menos satisfizo a Rose, porque, en la parte más íntima y perversa de su ser, quería que él también sufriera.

Apartó los labios de su boca y ladeó la cabeza para

rasparle el cuello con los dientes. Leon dejó escapar un ronco gemido y la tomó por la barbilla para hacerle erguir el rostro antes de inclinarse para mordisquearle el labio inferior.

Rose le devolvió el favor. Hundió los dientes en su tierna carne y a continuación lo alivió deslizando la lengua por ella. Entonces Leon llevó sus manos hacia abajo para tomarla por el trasero y la alzó para hacerle sentir entre las piernas su firme erección. Rose se arqueó contra él, buscando el olvido, buscando aplacar su ansiedad con una explosión de placer.

Leon le sujetó los muslos por encima de sus caderas y, tras tantear por un instante su húmeda entrada, la penetró profundamente en un solo movimiento.

No experimentaron un clímax delicado, gradual. Fue una explosión casi feroz, intensa, rabiosa de necesidad, cargada de una especie de desesperanza rota que los envolvió y quedó plasmada en sus pieles.

Cuando todo acabara tendrían que enfrentarse a una situación que ninguno de los dos sabía cómo manejar. Cuando el deseo se extinguiera tendrían que encontrar un modo de seguir adelante, juntos o separados.

Pero en aquellos instantes tenían aquello. En aquellos instantes se tenían el uno al otro. Y Rose se aferró con fuerza a los hombros de Leon mientras él la llevaba a la cima del placer. Finalmente se arqueó hacia atrás con un ronco grito de liberación a la vez que Leon encontraba la suya derramándose profundamente en su interior.

Y, cuando todo acabó, cuando los enloquecidos latidos del corazón de Rose amainaron, se dejó caer hacia el suelo mientras la amargura y la tristeza, olvidadas durante unos mágicos instantes, se adueñaban nuevamente de ella.

Leon se arrodilló junto a Rose y la rodeó con un brazo por los hombros mientras lloraba desconsolada. Lloraba por su culpa, a causa del dolor que le había infligido. La retuvo contra sí a pesar de no tener derecho a ello, a pesar de saber que estaría mejor con un desconocido.

—Lo siento —murmuró, y las palabras sonaron frustrantemente huecas a sus propios oídos.

Para poder darles más peso, le habría gustado saber con exactitud de qué era culpable, ser consciente de cada uno de los pecados que había cometido.

Quería responder por sus pecados, pero ni siquiera sabía cuáles eran.

—Lo siento —repitió, porque no tenía otra cosa que decir.

—No es esto lo que quería —dijo Rose a su lado, entristecida, rota—. No soñaba precisamente con criar al bebé que habías tenido con otra mujer. Deseaba fervientemente tener un hijo tuyo. Quería que me amaras a mí.

—Rose...

—Parezco una niña con una rabieta —con un tembloroso suspiro, Rose alzó un antebrazo para frotarse las lágrimas del rostro—. Pero da igual lo que quisiera. Lo que importa es la realidad de lo que tenemos. Y tú tienes una hija.

—Y quiero ocuparme de ella —dijo Leon, a pesar del miedo y desasosiego que le producía el mero hecho de pensar en ello.

Intuía por algún motivo que, aunque no hubiera perdido la memoria, la idea de tener que ocuparse de un bebé lo asustaría igualmente.

–Lo sé –dijo Rose con voz atenazada–. Y no podría pedirte que no lo hicieras. Isabella es tu hija.

–Pero tú no quieres.

–No. No es eso. Yo... siempre he sabido que te acostabas con otras mujeres, Leon. Aparecía en la prensa del corazón, en Internet. Todo el mundo sabía que no me eras fiel, que te casaste con una mujer que no estaba a la altura de las bellezas con las que solías salir –Rose tuvo que carraspear para poder seguir hablando–. Pero esto... una evidencia tan clara de que estuviste con otras mujeres, saber que alguna consiguió lo que yo anhelaba tan desesperadamente, es algo que no puedo ignorar así como así.

–Lo entiendo.

–Pero no es culpa de Isabella. Ella no ha hecho nada malo. Primero la abandonó su padre, luego su madre... y me siento incapaz de afrontar la idea de volver a abandonarla. No puedo.

–Tú eres el único recuerdo que tengo, Rose, la única persona que ha estado constantemente a mi lado desde que abrí los ojos y volví al mundo como un hombre sin memoria. Y lamento mucho el imperdonable comportamiento que tuve contigo. Pero, si sientes que vas a estar enfadada con Isabella, si crees que podrías volcar sobre ella de algún modo tu resentimiento... sería mejor que buscáramos alguna otra solución.

Leon se sintió como si se le estuviera quebrando el pecho mientras decía aquello, pero su hija siempre tendría preguntas sobre lo que sucedió con su madre. Y

jamás podría perdonarse a sí mismo que Isabella cre-
ciera en una casa en la que se resentía su presencia.

Esperó. Esperó a saber si Rose estaría enfadada.
Tendría todo el derecho del mundo a estarlo, a casti-
garlo. A irse. Pero él tenía que proteger a Isabella.

–Te refieres a que no debería implicarme con ella si
no voy a ser capaz de cuidarla como a mi propia hija.

Leon negó con la cabeza.

–No puedo pedirte una promesa como esa. Pero, si
te resulta imposible no sentirte resentida con ella, si te
resultara imposible estar en la misma habitación que
ella... Yo me merezco ese tipo de cosas, pero ella no.

–Lo sé –Rose parpadeó–. Me siento como si estuviera siendo reprendida, cuando tú eres el único que se
merece algo así.

–No te estoy reprendiendo, Rose. Es solo que... empezar así... Si no me esfuerzo por compensar a Isabella
después de cómo ha comenzado su vida, ¿qué futuro
puede esperarle? Renuncié a mis derechos sobre ella y
ahora he vuelto a recuperarlos, pero solo porque su
madre la ha abandonado. No quiero que sienta que fue
un bebé al que nadie quiso tener a su lado, no quiero
que tenga que sufrir porque los adultos que hubo en su
vida eran demasiado egoístas y estaban demasiado rotos como para ver un poco más allá de sí mismos.

Rose asintió lentamente.

–Comprendo. Es solo un bebé. Y no estoy enfadada
con ella –murmuró mientras una solitaria lágrima se
deslizaba por su mejilla–. Me ha costado mirarla y tenerla en brazos porque deseaba con todo mi corazón
que hubiera sido mía –añadió a la vez que se apartaba
de Leon para apoyarse contra la pared.

–No puedo cambiar el pasado –dijo él, impotente–. Y no puedo garantizar el futuro. Solo puedo tratar de enmendar lo que he hecho, lo que tenemos ahora. Isabella puede ser nuestra. Y no lo digo esperando que te libres de pronto de todo el peso que el pasado ha cargado a tus espaldas. No lo digo como si fuera una especie de arreglo mágico. Pero Isabella está aquí. Y nosotros también. Y yo... aún quiero hacer que las cosas funcionen entre nosotros.

–A veces pienso que nunca vas a parar de pedir cosas imposibles de mí –murmuró Rose débilmente.

–Espero que algún día puedas pedirme a mí algo imposible, Rose –Leon le acarició con delicadeza la mejilla–. Y espero fervientemente estar a la altura para hacerlo.

Rose asintió.

–Quiero intentarlo. Por nosotros. Por todos nosotros. Quiero intentarlo –añadió mientras se ponía en pie–. ¿Dónde está Isabella?

Capítulo 8

A LO LARGO de las siguientes semanas todo pareció progresar lentamente con Rose e Isabella. Contrataron a una niñera, una mujer madura y experimentada, para que se ocupara parcialmente de la pequeña durante el día. Aunque Leon habría querido asumir más responsabilidades, no creía que pudiera fiarse por completo de sí mismo. ¿Y si había olvidado alguna información esencial que el resto de las personas poseían en lo referente al cuidado de un bebé?

Emplear a alguien para echar una mano pareció la mejor opción. No podía pedir a Rose que pusiera en suspenso su vida no solo para cuidar de él, sino también del bebé.

A pesar de todo, Rose también estaba ocupándose cada vez más de Isabella. A menudo era ella la primera en acudir a su lado cuando la pequeña necesitaba ser atendida.

Verlas juntas hacía sentir a Leon que su pecho se partía en dos. A veces, viendo a Isabella en brazos de Rose, le resultaba fácil creer que aquella era una imagen real de su mujer y su hija, y que entre ellos tres no había más que amor, en lugar de la oscura y confusa masa de mentiras y traiciones que en realidad se iba enroscando en torno a ellos como una enredadera cargada de espinas.

Leon se pasó una mano por el rostro y contempló el bar que había en un extremo de la habitación. Estaba lleno de botellas, probable evidencia del hombre que había sido. Un hombre que había buscado el olvido con tenacidad.

Se rio con amargura al pensar que lo había conseguido. Ya tenía su olvido, aunque con él no había encontrado la paz.

Aunque la relación de Rose con Isabella estuviera mejorando, no podía decirse lo mismo de la suya con Rose. No lo tocaba y apenas le hablaba. Se había imaginado que, tras haberla tenido entre sus brazos en el dormitorio mientras lloraba y se desahogaba, Rose habría seguido buscando una relación íntima con él. Pero no había sido así. Ya no lo miraba como solía hacerlo. Sus ojos azules, el único recuerdo que había conservado tras su accidente, habían cambiado. Se habían vuelto gélidos. Enfadados. O, en los peores momentos, completamente inexpresivos. Aquella mujer lo había amado apasionadamente. Y él había destruido aquel amor.

No podía engañarse con la posibilidad de un nuevo comienzo para su relación. Él no era un hombre nuevo, renacido tras su accidente. Era el mismo que había traicionado a su esposa, que no amaba a nadie excepto a sí mismo, que había abandonado a su hija.

No había absolución para él. Debía encontrar como fuera una manera de seguir adelante sin aquella absolución, cargando con aquel peso sobre sus hombros, de seguir luchando por las nuevas cosas que anhelaba alcanzar. Deseaba de todo corazón seguir cuidando de Rose, seguir queriéndola como había llegado a hacerlo, y que ella volviera a quererlo.

Pero sabía que recuperar su cariño no iba a ser fácil. Y eso si aún era posible lograrlo.

Con un profundo suspiro entró en el dormitorio y se encaminó hacia su cama vacía. El hecho de que Rose no estuviera en ella le producía un profundo sentimiento de desolación y pérdida, y no por la falta de satisfacción sexual que ello implicaba, sino por todos los motivos por los que no estaba allí.

A pesar de la congoja con la que se acostó, no tardó mucho en quedarse dormido.

Se despertó con un sobresalto. El monitor del bebé que tenía en la pared junto a la mesilla casi estaba vibrando a causa de los gritos de Isabella. Estaba llorando en medio de la noche, algo que no había hecho hasta entonces. Algo iba mal. Tanto Rose como él tenían un monitor en su habitación, algo que habían decidido dado el tamaño de la casa. Pero al parecer iba a tener que ser él quien se levantara. No podía esperar que Rose se levantara a aquellas horas para ocuparse de un bebé al que apenas quería.

Bajó de la cama y salió al pasillo, pero sus pasos se fueron volviendo más y más pesados según iba avanzando. Una extraña y aterradora sensación se adueñó de su pecho, helando su corazón, sus pulmones. No sabía qué le estaba pasando. Sentía el rostro entumecido. Los dedos fríos.

Isabella ya no estaba llorando. No podía oírla. Tan solo podía escuchar los enloquecidos latidos de su corazón.

De pronto se sintió como si estuviera caminando por dos pasillos distintos. Uno de ellos pertenecía a una casa más pequeña. A un apartamento. El otro era en el que se hallaba. Era una sensación muy extraña. La sensación de existir a la vez en dos sitios distintos, en dos momentos diferentes en el tiempo.

Y, de pronto, comprendió que se trataba de un recuerdo. Un recuerdo que no lograba asir, que merodeaba por el fondo de su mente sin dejarse ver.

Trató de calmar su respiración, de seguir avanzando. Le costó un enorme esfuerzo. Tal vez aquello era lo que le pasaba a un amnésico cuando empezaba a recuperar la memoria. Si era así, el proceso de recuperación de su memoria iba a resultar un auténtico suplicio.

La imagen del pasado volvió a superponerse a la del presente cuando entró en el dormitorio. Al ver la cuna de Isabella también vio otra cuna. Más pequeña, más sencilla.

De pronto se sintió como si se estuviera ahogando. Apenas podía respirar y sentía el pecho rígido como un bloque de hielo. Un frío sudor emanó de su frente y empezó a temblar.

Y así fue como lo encontró Rose, de pie frente a la cuna de Isabella, rígido como una estatua, incapaz de moverse. Aterrorizado ante la idea de mirar a su hija.

No quería verla tumbada en la cuna. No sabía por qué. Solo sabía que no se sentía capaz de mirar.

–¿Leon? –dijo Rose con suavidad a sus espaldas–. ¿Va todo bien con Isabella?

Leon sintió que sus labios se habían vuelto de piedra mientras se esforzaba por contestar.

–No está llorando.

Cuando Rose pasó junto a él la sujetó con fuerza por el brazo y tiró de ella hacia atrás.

–¡No! –exclamó con auténtico pánico–. No... no debes acudir a su lado.

Rose lo miró con extrañeza.

–¿Qué te pasa?

–Estoy teniendo un recuerdo. Duele y... apenas puedo moverme.

Rose lo contempló un momento en la penumbra.

–Pero yo sí –dijo, y se libró de un tirón de la mano de Leon para acudir junto a la cuna y tomar a Isabella en brazos.

El terror recorrió a Leon como una gran ola negra y dejó de respirar. Volvió a hacerlo cuando Isabella se movió en brazos de Rose.

Dio un paso adelante y contempló el interior de la cuna. Lógicamente, estaba vacía, pero una vez más experimentó la sensación de estar en dos sitios diferentes, de estar mirando otra cuna.

Cerró los ojos y su mente se llenó de imágenes a la vez que un oscuro y punzante dolor inundaba su corazón.

Y, de pronto, empezó a recordar.

Michael no se había despertado para pedir su comida como solía hacerlo. Era el silencio lo que había despertado a Leon. Amanda seguía dormida, pero a él no le importó levantarse para acudir junto a su hijo.

Avanzó rápidamente por el pasillo hacia el dormitorio del niño. A partir de ahí el recuerdo pareció como a cámara lenta. Leon recordó con claridad haber experimentado un inexplicable temor en cuanto vio a su hijo en la cuna. Cuando alargó una mano para apoyarla en su pecho, notó que estaba completamente inmóvil.

El recuerdo estaba cargado de dolor, pánico y desesperación. Trató de impedir que llegara a su conclusión, pero fue inútil. Nada cambiaría el resultado.

Y nada podría llenar el profundo pozo de terrible dolor que había quedado en su alma. Ya no tenía tan solo vacío en su interior. Este había adquirido sustancia. Una aterradora sustancia de dolor, de pérdida. De muerte.

De pronto sintió que sus piernas eran incapaces de sostenerlo y tuvo que sentarse en el suelo.

–¿Leon?

Preocupada al verlo en aquel estado, Rose volvió a dejar a Isabella en la cuna y se agachó junto a él.

–¡Leon! –repitió al ver que no reaccionaba. Apoyó una mano en su mejilla.

Tenía el rostro frío y respiraba con esfuerzo.

–Michael –fue todo lo que dijo.

–¿Qué?

–Tuve un hijo. Se llamaba Michael.

Decir aquello hizo que otra avalancha de recuerdos invadiera su mente. Amanda. Descubrir que estaba embarazada. El miedo. La alegría. Eran jóvenes, pero había suficiente amor entre ellos como para enfrentarse a la situación.

Hasta que aquella luz se extinguió.

–¿Qué? –repitió Rose.

–Acabo de recordar. He entrado aquí y lo he recordado todo sobre él.

–¿Qué le pasó?

–Murió –contestó Leon, y aquella palabra fue como ácido en su lengua.

Rose miró a su marido, conmocionada, incapaz de procesar sus palabras.

–No puedes haber tenido otro hijo. Eso es imposible.

–¿No sabes nada de él?

–¿Cómo iba a saberlo?

–No sé nada sobre mi vida, Rose. No sé lo que sabes de mí. No sé... no tengo idea de quién soy en realidad.

Rose tragó con esfuerzo.

–No sabía nada de esto –contestó, haciendo un esfuerzo por mantener la calma.

Estaba enfadada con Leon. Lo había estado desde el momento en que había aparecido Isabella. No sabía lo que aquello iba a significar para ellos, para su relación, para su futuro. Pero no podía negarle su consuelo en aquellos momentos.

–¿Puedo contártelo? –preguntó Leon, casi con desesperación–. ¿Puedo contártelo antes de que lo olvide?

–No lo olvidarás.

Leon alargó una mano para tomar a Rose por el brazo.

–Alguien más tiene que saberlo. Perdí esto. Perdí el recuerdo de mi hijo. ¿Quién más sabe algo sobre él? Si no te lo cuento, ¿quién más lo sabrá?

Rose asintió lentamente.

–Háblame de él.

–Amanda y yo teníamos dieciséis años cuando nos conocimos. Éramos demasiado jóvenes para tener un hijo, para saber en qué nos estábamos metiendo. Y, sin embargo, lo hicimos. Yo había venido a los Estados Unidos un año antes, por mi cuenta. Conseguí alguna ayuda y logré ponerme a estudiar. Fue así como conocí a Amanda. A sus padres no les hizo demasiada ilusión que su hija iniciara una relación con un chico griego sin dinero que apenas hablaba inglés y vivía solo en un apartamento.

—Me lo imagino —murmuró Rose.

—Y tenían motivos para estar preocupados. Amanda se quedó embarazada. Pero éramos jóvenes y estábamos enamorados y creímos que podríamos superar todos los retos a los que tuviéramos que enfrentarnos. Tuvimos a nuestro hijo, al que llamamos Michael porque yo quería que tuviera un nombre norteamericano, que encontrara su lugar en este país —Leon exhaló un profundo suspiro y apoyó la espalda contra la pared—. Es increíble estar recordando eso ahora. Parece tan sencillo... pero hay otras cosas que...

—Aún no lo recuerdas todo.

Leon negó con la cabeza.

—No.

—Cuéntame el resto de lo que recuerdas —dijo Rose, cada vez más consciente de lo poco que sabía sobre Leon.

El hombre al que creía amar no era más que una elaboración de su imaginación. Cuando experimentó sus primeros sentimientos por él aún era muy joven, casi una niña. En su mente, Leon prácticamente había brotado de la tierra, ya crecido, guapo y atractivo, perfecto, amable y delicado. Un hombre creado para borrar las lágrimas que derramó cuando la dejaron plantada en el baile de fin de estudios, diseñado para esperarla al final del pasillo de la iglesia, perfecto, elegante, capaz de pronunciar unos maravillosos votos que ella acunó como un tesoro en su corazón.

Pero en aquellos momentos estaba viendo la verdad. Leon era un hombre compuesto de lucha, de dolor, un hombre que había conocido la felicidad y también la profunda desolación de la pérdida antes de que ella lo conociera.

Qué corta de miras había sido, qué infantil y tonta.

—Su familia no quiso volver a saber nada de ella ni del bebé —continuó Leon—. Le dije que yo me ocuparía de ella, que había venido aquí a hacer que mis sueños se convirtieran en realidad y que haría que los suyos también se volvieran reales. Amanda siguió estudiando tras el nacimiento de Michael y yo empecé a trabajar en la sección de correos de Tanner Investments. Me fijé atentamente en cómo funcionaba todo y comencé a hacer sugerencias que a mis jefes les parecieron interesantes. Tu padre oyó hablar de mí y me permitió colaborar con algunos de sus mejores empleados mientras seguía en mi puesto en la sección de correos. Pensé que aquella sería la clave para cambiar nuestras vidas, para poder ofrecer a Amanda todo lo que le había prometido.

—Dudo que haya mucha gente en el mundo capaz de lograr lo que lograste tú —dijo Rose con la voz ligeramente ronca.

—Pero mis logros en el terreno del trabajo no son la cuestión —Leon dejó escapar un profundo suspiro—. Michael murió del misterioso síndrome de la muerte súbita en enero. Apenas tenía tres meses. Yo me había ido de Grecia convencido de que lograría abrirme camino aquí. También estaba convencido de que podría cuidar de Amanda. Y de mi hijo. Me sentía invencible, totalmente seguro de mí mismo. Pero aquel día entré en su dormitorio y lo encontré muerto. Ya era demasiado tarde. No había negociación posible. Nunca me había sentido tan impotente. Era tan joven que hasta entonces había creído que las reglas que rigen la vida de todo el mundo no eran para mí. Pero no era tan especial, tan fuerte, tan listo como para vencer a la muerte –permaneció un momento en silencio mientras sus hombros se hundían–. Me sentí tan perdido que no fui capaz de ofrecer a Amanda el apoyo y el consuelo que necesitaba. Quería desaparecer en cada nueva oportunidad de trabajo que se me presentaba, para tener al menos la sensación de controlar algo. Un día regresé a casa y Amanda se había ido. Nunca la busqué. Ya no quería tener pareja. No quería que nadie se preocupara por mí. No quería preocuparme por nadie –cerró los ojos y una solitaria lágrima se deslizó por su mejilla–. ¿Qué clase de padre es incapaz de proteger a su hijo? ¿Qué más da que llegara a triunfar en el mundo de los negocios, a ganar ingentes cantidades de dinero si no fui capaz de impedir que mi pequeño muriera?

–Leon... tú no lo dejaste morir. Fue una tragedia –Rose tuvo que hacer verdaderos esfuerzos para controlar las emociones que estaba experimentando–. No habrías podido hacer nada al respecto.

Leon se pasó una mano por el rostro.

–Supongo que eso debería servir de consuelo. Pero a mí no me sirve. No siento ningún consuelo. Lo único que me hace sentir es la inutilidad de estar a merced del destino.

–No estoy segura de que se trate del destino. La vida consiste en una serie de acontecimientos impredecibles. Puede ser maravillosa. Y terrible. Algunos de esos acontecimientos son consecuencia de nuestros actos y otros no tienen sentido. Lo que importa es lo que hacemos después con ellos. Eso es lo único que podemos controlar.

–¿Y qué has controlado tú en tu vida, Rose? –el tono de Leon fue duro, cínico. Era un Leon más parecido al de antes del accidente.

–Nada –Rose parpadeó para alejar las lágrimas de frustración y dolor que amenazaban con derramarse de sus ojos–. Hice siempre todo lo que mi padre quería porque pensaba que así lograría que fuera feliz. Me sacrifiqué por él. Así fue como elegí enfrentarme a la pérdida de mi madre. Y pensé que tú serías mi recompensa. Pero ya he comprendido que la recompensa de alguien no puede ser otra persona, porque no se puede controlar a las personas – se rio sin ningún humor–. Una persona no es un pastel. Nadie existe solo para ser la compensación de otro. He tardado demasiado tiempo en comprender que no te ibas a convertir por arte de magia en la recompensa que sentía que me merecía. Me avergüenza reconocer lo poco que sé sobre ti, Leon. Esperaba que existieras para mí, solo para mí. Nunca me planteé la posibilidad de que tuvieras tu propio dolor, de que fuera este el que te impulsara a ser como eras. No era capaz de ver más que mi propio dolor.

Rose sabía que aquella confesión no podía arreglar el pasado, y tampoco iba a servir para que de pronto se sintiera capaz de confiar más en Leon. Ni siquiera iba a servir para que lo perdonara. Pero averiguar que había sufrido una pérdida tan devastadora en su vida la ayudaba a ver a su marido desde otra perspectiva. Aquello explicaba en parte su comportamiento. Su afición a la bebida, su libertinaje. Pero la comprensión no bastaba para eliminar la profunda herida que había en su corazón, para reavivar la yerma tierra que los rodeaba.

—Cuando me encaminaba por el pasillo hacia aquí he temido que... que Isabella... —murmuró Leon, sin mencionar nada respecto a lo que había dicho Rose.

—La niña está bien —dijo ella, consciente en aquel momento del motivo que había impulsado a Leon a renunciar a su hija—. Por eso no quisiste responsabilizarte de ella.

—Si después del accidente me hubieras preguntado qué era el amor te habría dicho que no lo sabía. Pero si me lo preguntas ahora... el amor es dolor, Rose. Es una esperanza que florece sin ninguna conciencia de lo que puede esperar a la vuelta del camino. A nadie le preocupa lo que podría ir mal. Y eso hace que resulte aún más doloroso cuando te lo arrancan. No quería volver a pasar por lo mismo.

—Pero ahora Isabella está aquí —dijo Rose, que, a pesar de lo que le estaba costando aceptar a la niña, tampoco era capaz de imaginarse a sí misma librándose de ella. No había vuelta atrás para aquello. Sabía que no había un lazo maternal mágico entre Isabella y ella, pero sí había algo floreciendo en su pecho.

Estaba empezando a querer a la hija de Leon, y hacía días que sentía un claro afán protector por ella. Quería evitar que se sintiera no deseada, ni por Leon, ni por ella misma.

—Sí —murmuró Leon—. Está aquí.

–Y no puedes volver a librarte de ella.

–No he dicho que pensara hacerlo.

–Disculpa si no me siento totalmente segura de eso –dijo Rose–. Las cosas están cambiando. Tú estás cambiando. Cuantos más recuerdos recuperes, más volverás a ser el hombre que fuiste. Y si crees que las cosas pueden volver a ser como antes...

Leon se puso en pie casi con brusquedad.

–No lo creo.

–¿Y si te equivocas? –preguntó Rose, retadora–. Te aseguro que en esta ocasión lucharé contra ti sin darte tregua. Se acabaron los secretos, las mentiras. No nos los podemos permitir. Esta es nuestra vida –Rose era consciente de que estaba adoptando una postura que quería adoptar. Un compromiso–. Quiero que seamos una familia.

–No sé si puedo prometer eso.

–Lo harás. Lo harás o tendré que luchar contra ti. Por esta casa. Por Isabella.

–No podrías ganar si te enfrentaras a mí. Como ya me explicaste, si no siguieras casada conmigo tres años más perderías la casa. Y en cuanto a Isabella, biológicamente es mía. No tienes derechos sobre ella.

Rose no había olvidado lo arrogante e imposible que podía llegar a ser Leon. Había sido fácil olvidarlo durante aquellas semanas, pero, al parecer, volvía a ser el de siempre. Fuerte. Impulsivo. Ocasionalmente despiadado. Al parecer, ya estaba luchando contra la vulnerabilidad que había estado mostrando.

–Entonces, ¿qué es lo que quieres que hagamos con nuestras vidas?

–Seguirás siendo mi mujer.

–¿Y piensas seguir viviendo como vivías? Deberías tener en cuenta que en esta ocasión no sería yo la única abandonada. También estaría Isabella –dijo Rose mientras avanzaba con paso firme hacia Leon–. Pero eso estaría en concordancia con tu comportamiento habitual, claro. Apartar de tu lado a las mujeres que te pueden causar dolor, que se pueden interponer en tu diversión.

–No es tan simple como eso, y lo sabes. Sobre todo ahora que has oído hablar de Michael.

–El amor te asusta. El gran Leon Carides se siente aterrorizado ante el amor y huye de él.

–Incluso yo sé temer algo tan fatal como eso.

Rose sabía que lo estaba presionando en exceso, pero no podía evitarlo.

–Sé que has sufrido una terrible pérdida, pero eso no te da derecho a hacer pasar a otras personas por un infierno mientras tú te proteges a ti mismo.

–¿Y eso me lo dices tú, que te has pasado la vida escondiéndote en esta mansión, ocultándote tras las infantiles mentiras que te contabas a ti misma, tras tus libros? Crees conocer el dolor porque perdiste a tus padres. Pero yo enterré a mi hijo. No me sermonees sobre el dolor desde tu cómodo nido. No sabes nada. Nada en absoluto.

Nada más decir aquello, Leon giró sobre sus talones y salió a grandes zancadas de la habitación, dejando a Rose a solas con Isabella.

Por unos momentos, Rose se planteó seguirlo, pero finalmente decidió acercarse a la cuna. Se inclinó hacia Isabella y acarició con los nudillos la delicada y sonrosada piel de su mejilla.

Sabía más sobre Leon de lo que había sabido antes de entrar en la habitación, de lo que había sabido nunca. Tenía una explicación para su forma de ser. Sin embargo, no se sentía más cercana a él que antes, sino todo lo contrario. Empezaba a creer que jamás podrían cruzar el puente que los separaba. Cuanto más iba imponiéndose la realidad del pasado, más crecía la distancia entre ellos.

Bajó la mirada hacia Isabella. Evidentemente, no había recompensas. Tan solo estaba la vida y lo que uno decidía hacer con ella.

–No creo que mi padre supiera nunca realmente qué hacer conmigo –murmuró en el silencio de la habitación–, pero yo lo quise de todos modos. Y él me quería. No sabía cómo demostrármelo, pero sé que me quería. Le pasó como a tu padre, que perdió a alguien a quien quería con todo su corazón. Debe de ser difícil mostrar amor después de experimentar algo así.

Rose era consciente de que Isabella no podía entender nada de lo que estaba diciendo, aunque todo fuera cierto. Tras la muerte de su mujer, su padre se había sentido más cómodo sumergiéndose en el trabajo, ocupándose de ayudar a triunfar a Leon, porque aquello era más fácil que amar.

–Yo quise a tu padre –continuó con lágrimas en los ojos–, pero él nunca me ha querido. Y eso duele. Hace que quiera esconderme, acurrucarme en un rincón y no volver a querer nunca a nadie. Pero creo que tú vas a necesitar que alguien te quiera. Y yo lo haré. Te querré como si nunca me hubiera hecho daño nadie. Ninguna hemos elegido esto, y te mereces a alguien mejor que yo, pero ha llegado el momento de que empiece a tomar mis propias decisiones. Ha llegado la hora de dejar de esperar. Y te elijo a ti, Izzy. No sé qué hará tu padre. No puedo convertirlo en el hombre que me gustaría que fuera. Solo puedo tratar de ser la madre que te mereces. No sé cómo ser madre. Apenas recuerdo a la mía, pero sé cuánto eché de menos tenerla a mi lado. Leon tiene razón al decir que me he pasado la vida escondiéndome, pero eso ya se ha acabado. Se ha acabado para siempre.

Capítulo 9

LOS recuerdos sobre su hijo habían empezado a fundirse con el pasado, transformándose de una repentina herida abierta en una reciente cicatriz. Michael había muerto hacía dieciséis años, no hacía unos días.

Leon había necesitado un par de días para dejar de revivir aquel terrible momento, y también había comprendido por qué se había comportado como lo había hecho en el pasado, por qué había tratado de evitar a toda costa la realidad de Isabella. Aunque aquella comprensión no le hacía sentirse precisamente orgulloso de su inaceptable comportamiento.

Entró en el estudio en el que Rose pasaba la mayoría del tiempo, catalogando los libros de la biblioteca de su padre y otros objetos de su colección. Le sorprendió comprobar que tenía junto a sí a Isabella en un moisés rosa, acunándolo distraídamente mientras canturreaba y revisaba un libro. Aquella imagen le produjo una emoción que no supo interpretar.

–Te debo una disculpa –dijo, y se sorprendió de sus propias palabras.

Rose lo miró con suspicacia.

–Espero que no tengas más «sorpresas» que darme.

–No –Leon ocupó una silla que había al otro lado del

moisés–. ¿Recuerdas cuanto te sermoneé sobre cómo debías tratar a Isabella?

–¿Cómo iba a olvidarlo? –preguntó Rose con ironía–. Estaba desnuda y en medio de una tormenta de emociones. Esa clase de momentos tienden a quedar grabados en la memoria.

–Fue fácil para mí decir que si no te sentías capaz de tratar a Isabella como a tu propia hija tendrías que apartarte de la situación. Pero no tenía derecho a decirte eso. No entendía la pesada carga emocional que pretendía cargar sobre ti, Rose. Pero ahora sé lo difícil que es superar cualquier cosa, y no estoy seguro de haber sido capaz de superar nada realmente importante en mi vida.

–Superaste las complicaciones del sistema de inmigración, la pobreza, la carencia de una educación.

–Eso es cierto, pero me refería al terreno emocional. No estaba en posición de sermonearte.

–¿Me estás pidiendo una disculpa? –preguntó Rose con sus grandes ojos azules abiertos de par en par.

–Sí.

–Creo que también me debes una por el otro día.

–No te sientas demasiado esperanzada.

Isabella comenzó a alborotar en aquel momento y Rose dejó rápidamente el libro para tomarla en brazos.

–Creo que Isabella tiene la esperanza de que le dé algo de comer pronto –comentó.

–¿Llamo a la niñera?

–No. Elizabetta tiene el día libre. Estás actuando como si Isabella no hubiera estado aquí las últimas semanas. Pero el único que ha cambiado eres tú. Antes de recordar solías ocuparte de vez en cuando de darle de comer.

–Recordar es lo que me ha impulsado a venir a disculparme. Es fácil hablar de las cosas cuando no has experimentado nada.

–Tengo una nueva información para ti, Leon. A Isabella no le preocupa tu dolor. Es una niña. Solo se preocupa de sí misma, de que la tengan en brazos y la alimenten. Le da igual lo que te pase –Rose no hizo ningún amago de ir a moverse–. Su biberón está en esa mesa, en el calentador. Tráemelo.

Aquella era una Rose distinta a la que Leon había tratado hasta entonces. Se comportaba de un modo más imperioso; no parecía preocupada por él ni andaba de puntillas en torno a su estado mental. Y, curiosamente, eso le gustó.

Discutir con Rose había resultado doloroso, pero también había despertado una especie de fuego en su interior que antes no estaba. Ella misma le había dicho que antes del accidente nunca discutían, algo que no era de extrañar, pues apenas hablaban. Pero se sentía más vivo chocando y enfrentándose a ella. Tal vez aquello le hacía recordar la forma en que solía ser en su trabajo.

–Cuanto más tiempo te estés ahí quieto, más gritará –dijo Rose.

Leon reaccionó al escucharla y fue rápidamente a por el biberón. Cuando se lo entregó, tuvo cuidado de mantener las distancias con Isabella.

Rose llevó la tetina del biberón a la boca de la pequeña, que hizo unos ruiditos de agradecimiento mientras se lo tomaba. Entonces, Rose se levantó.

–Creo que deberías tomarla tú en brazos.

Leon dio un paso atrás, tenso.

–Yo creo que no.

–Puedes mantenerme a mí a distancia si quieres, Leon, pero no puedes hacer lo mismo con tu hija. No pienso permitírtelo.

Leon permaneció quieto donde estaba, mirándola.

–Es un bebé, no una bomba –insistió Rose a la vez que le ofrecía a la niña.

–Es tan... delicada –balbuceó Leon–. Tan vulnerable... Me siento aterrorizado. Ojalá recordara más cosas. Lo único que he recuperado ha sido la terrible sensación que me produjo la pérdida de mi hijo.

–Sé que tiene que ser difícil para ti, Leon. No puedo decir que entienda el sentimiento, porque no lo he experimentado, pero lo que sí sé es que Isabella está aquí y te necesita. Fallarle sería decisión tuya.

Leon sintió un extraño sabor metálico en la boca, parecido al de dos días atrás en la habitación de su hija.

–Isabella está aquí –insistió Rose–. Está aquí y tú sufriste hace poco ese accidente que pudo costarte la vida, y que también te está dando la oportunidad de cambiar. ¿Qué sentido tendría todo si no aprovecharas esa oportunidad?

Leon alargó los brazos hacia su hija y Rose se la entregó.

–Tienes razón –murmuró, sin apartar los ojos de Isabella mientras la acercaba a su pecho. Podía verse a sí mismo en su carita, en su pelo oscuro, en su boca. Era un milagro verse a uno mismo en un bebé. Un milagro que no había esperado volver a experimentar–. Renuncié a ella. Estuve dispuesto a renunciar a ella.

–Estabas asustado –dijo Rose con sencillez.

–No me merezco que me defiendas. Tomé el camino más fácil. Y estoy seguro de que también lo hice porque no quería alterar nuestro matrimonio. Y no por tus sentimientos, sino porque no quería arriesgarme a perder la empresa.

Rose apartó la mirada.

–¿Estás seguro de eso?

–Lamentablemente, sí.

–Pues entonces cámbialo.

–Sería mucho más fácil poder empezar de cero, como si nada hubiera pasado, pero no es eso lo que tenemos, ¿verdad, Rose?

–No, pero sí tenemos una segunda oportunidad. Tú tienes una nueva oportunidad de vivir, otra oportunidad con Isabella.

Mientras Rose decía aquello, Leon comprendió que lo deseaba, que deseaba aprovechar aquella oportunidad. Y también quería una segunda oportunidad con Rose, aunque no estaba seguro de tener derecho a pedírsela. Y ella tampoco la había mencionado.

Pero estaba decidido a ser el padre que Isabella necesitaba. Y también a ser un marido fiel para Rose. Aquellos grandes ojos azules que en otra época lo habían mirado con tanto afecto estaban ensombrecidos, cautelosos. Pero no pensaba descansar hasta lograr que volvieran a mirarlo como antes.

Y él no era un hombre acostumbrado a fracasar en lo que se proponía.

Dos días después, al no encontrar a Rose en la casa, y mientras se preguntaba dónde podría estar, Leon tuvo otro repentino recuerdo. Afortunadamente, ese llegó sin sobresaltos.

Había una rosaleda en medio de los jardines a la que solía acudir. Era el jardín que plantó la madre de Rose cuando esta era pequeña. Allí era donde solía ir.

Muy animado tras haber deducido aquello por sí mismo, se encaminó rápidamente hacia el jardín.

Al verlo llegar, Rose lo miró con expresión extrañada.

—Te estaba buscando y he pensado que te encontraría aquí.

Rose se quedó boquiabierta.

—¿En serio?

—Sí. Estaba pensando en ti, en dónde podrías estar, y he recordado este jardín. Tu madre lo plantó para ti tras tu nacimiento. Las rosas eran sus flores favoritas y por eso te llamó Rose.

—No sabía... no sabía que supieras eso de mí.

Leon se acercó al banco que ocupaba Rose y se agachó ante ella. Aquella situación, su postura, hizo que resonara algo familiar en su mente.

Recordó haber estado allí mismo mirando los ojos de Rose, tristes, llenos de lágrimas.

Alzó una mano y la apoyó en su mejilla, igual que hizo entonces.

—Aquí es donde sueles venir cuando estás disgustada —murmuró.

Las mejillas de Rose se ruborizaron ligeramente.

—¿Cómo lo sabes?

—El baile de fin de curso —Leon pronunció aquellas palabras a la vez que el recuerdo regresaba a su mente.

—¿Qué?

—Tu baile de fin de curso.

—No sabía que recordaras eso... ni siquiera antes de haber perdido la memoria.

–Lo recuerdo. El chico con el que habías quedado te dejó plantada.

–La cita fue una broma desde el principio. Nadie quería ir al baile conmigo. Era demasiado rara. Me gustaban demasiado los libros... y me asustaba de todo.

–A mí ya no me pareces tan asustada.

–Pero lo he estado. Incluso de mi propia sombra. Tenías razón cuando dijiste que he vivido ocultándome.

–Estaba enfadado cuando lo dije.

–Lo sé. Pero eso no significa que no tuvieras razón.

–Todos nos escondemos de una forma u otra. Lo sé por experiencia.

–¿Qué más recuerdas? –preguntó Rose, esperanzada a pesar de sí misma.

–Que bailamos.

Aquellas dos palabras bastaron para abrir un torrente de emociones en el corazón de Rose. Fue como si un cielo cargado de oscuras y amenazantes nubes se hubiera despejado de repente, dejando a la vista un azulado manto cuajado de estrellas. Y Leon pudo verlo con total claridad.

Más aún, pudo sentirlo.

Cuando acudió a aquel mismo jardín aquel día de su pasado sabía que Rose estaría allí. Sabía que el joven que la había invitado al baile no se había presentado. Y la encontró allí sentada, cabizbaja, sollozando como si se le hubiera roto el corazón.

Siempre había visto a Rose como una chiquilla dulce y amable. Pero, cuando le hizo alzar el rostro y vio las lágrimas en sus mejillas, la profunda tristeza que reflejaba su expresión, también vio algo más.

Y, cuando la hizo levantarse para tomarla entre sus

brazos y ponerse a bailar con ella, sintió algo que lo aterrorizó. Rose era una mujer. Ya no era una chiquilla. Y ya no podría anular ni olvidar la conexión que acababa de sentir con ella.

Desde entonces vivió para que aquellos increíbles ojos azules resplandecieran. Sin embargo, lo único que había logrado había sido hacerle llorar más que nadie en el mundo.

—Recuerdo haber venido aquí y haberte tomado de la mano para estrecharte entre mis brazos. Y me pareciste tan preciosa... Eras demasiado joven para mí, pero eso no impidió que te deseara.

Rose dejó escapar un ahogado gemido a la vez que se apartaba de Leon.

—¿Acabo de estropear tus recuerdos? —preguntó él, agobiado—. Al parecer, tengo una capacidad especial para estropear las cosas.

—No has estropeado nada —dijo Rose en voz baja—. Yo también te deseé.

—Menos mal que no me di cuenta. De lo contrario es probable que me hubiera aprovechado de ello. No soy una buena persona, Rose.

—Lo eres. Eres un buen hombre... Lo que sucede es que has sufrido mucho...

—¿Cómo puedes defenderme a pesar de todo? Si alguien tiene la prueba de que no hay nada bueno en mí, esa eres tú. He sido un marido infiel. Ni siquiera he sido un marido. Solo me porté bien contigo aquel día, en esta misma rosaleda.

Rose negó con la cabeza.

—¿Qué quieres que diga, Leon? ¿Que eres horrible? ¿Que me has hecho tanto daño que no sé si alguna vez me recuperaré? ¿Que no podría volver a fiarme nunca de ti?

–Sí. Porque es lo que me merezco.

–Yo no sé si eso es cierto. Y nunca lo sabré a menos que lo intentemos. No lo sabré hasta que pase el tiempo.

–El tiempo –dijo Leon con desprecio–. El maldito tiempo. No siento ningún aprecio por él. Me ha quitado mucho más de lo que me ha dado. La mayoría de la gente mejora con el tiempo, pero, por lo que sé, yo no he hecho más que empeorar.

–Eso no es cierto. ¿Qué me dices del recuerdo que acabas de recuperar? Es uno de mis favoritos, y eso que aquella noche empezó como una de las peores de mi vida. Fuiste capaz de convertir un momento horroroso en algo maravilloso. Alguien que hace eso no puede ser tan malo.

–Mientras tú llorabas entre mis brazos yo me estaba imaginando a mí mismo levantándote la falda y bajándote las braguitas para penetrarte aquí mismo, entre las rosas. Y sabía que eras virgen.

–¿Y crees que mi imaginación era completamente pura? –preguntó Rose con una ceja levantada–. No tienes ni idea de cuánto deseaba besarte.

–Yo quería hacerte mucho más que besarte.

–Y yo no habría dicho que no.

–Después me habría odiado por ello toda la vida –murmuró Leon roncamente.

El padre de Rose le había ayudado a superar uno de los momentos más oscuros de su vida. Otra pieza encajó en su lugar al recordar aquello. Conoció a Rose cuando aún era una niña y le encantó desde entonces. Darse cuenta de que ya se había hecho una mujer supuso un problema. Aquella misma noche liberó su frustración sexual con otra mujer. Buscó constantes aventuras de una noche para mantenerse alejado de la inocente hija de su mentor.

Porque lo cierto era que no tenía nada que ofrecer a Rose. Ella necesitaba ser amada. Un marido que la cuidara como se merecía. Querría hijos. Pero él no quería nada de aquello. Ya había tenido una familia, y su pérdida fue demasiado dolorosa como para querer volver a intentarlo.

Pero un día, el padre de Rose, su mentor, lo llamó a su despacho y le reveló que estaba enfermo. Que se estaba muriendo y que no había nada que hacer al respecto. También le confesó que sentía que le había fallado a Rose como padre, que había sido incapaz de darle el suficiente apoyo emocional cuando más lo había necesitado. Expresó aquello con un dolor y un arrepentimiento desgarradores. Y después rogó a Leon que se casara con su hija, que la protegiera.

Leon cerró un momento los ojos y un nuevo recuerdo surgió imparable en su mente.

Era el día de su boda.

Rose avanzaba hacia él por el pasillo de la iglesia, vestida de blanco, como un ángel.

Cuando la tomó de la mano sintió que se le secaba la garganta, que el corazón estaba a punto de estallar en su pecho. Había pasado mucho tiempo negándose la atracción prohibida que sentía por Rose, simulando que no la sentía. Pero, de pronto, iba a convertirse en su esposa. Finalmente iba a poder hacer con ella lo que deseaba. Finalmente iba a poder cumplir sus fantasías.

Cuando Rose alzó su velo y llegó el momento de

besarla, Leon no había previsto la reacción que tuvo. En cuanto sus labios entraron en contacto, sintió que su cuerpo ardía. A pesar de haber estado ya con más mujeres de las que podía contar, su reacción fue asombrosa. Se sintió perdido en su sabor, en la delicadeza del contacto de sus labios, y algo comenzó a crecer en su pecho, algo empezó a transformarse en su interior.

Y cuando se apartó de ella comprendió que no era más libre para tomarla después de la boda de lo que lo había sido antes. La expresión de su rostro, la felicidad que irradiaba, el deseo, el amor. Jamás podría corresponder a todo lo que Rose le ofrecía con aquella increíble y azul mirada.

Después, cuando Rose fue a la suite que habían reservado para su luna de miel, él no acudió a reunirse con ella.

Se emborrachó hasta tal punto que fue incapaz de encontrar el camino. Y, si lo hubiera encontrado, su estado era tal que tampoco le habría permitido ceder a un momento de debilidad.

Y Rose nunca acudió a él desde aquel día. Nunca le dijo nada. Jamás le rogó que acudiera a su cama.

Y él se permitió creer que aquello era lo mejor, que había tomado la decisión correcta.

–¿Por qué no me dijiste nada? –preguntó cuando, finalmente, el torrente de recuerdos que había invadido su mente cesó.

Rose lo miró con expresión desconcertada.

–¿A qué te refieres?

–Me deseabas. Querías un matrimonio real. Al ver que no acudí a tu lado la noche de nuestra boda, ¿por qué no me dijiste nada?

Rose dejó escapar una risa hueca, cargada de amargura.

–¿De verdad me estás preguntando eso? Te esperé una noche tras otra, pero no viniste. Preferiría haberme muerto a preguntarte por qué. Un hombre debería querer estar con su esposa. Ella no tendría por qué rogárselo.

El arrepentimiento que experimentó Leon hizo que se sintiera desgarrado por dentro. Comprender hasta qué punto podía haber llegado a herir a Rose con su comportamiento hizo que se sintiera completamente asqueado de sí mismo.

No pudo decir nada. Ya se había disculpado varias veces, pero aquellas disculpas eran palabras vacías, no bastaban para aliviar las continuas evidencias de su miserable comportamiento.

Incapaz de pronunciar palabra, deslizó una mano tras el cuello de Rose y la atrajo hacia sí para besarla. No tenía palabras para expresar lo que sentía, pero podía demostrárselo. Podía hacerle ver la tormenta de fuego que ardía en su interior.

Y, si aquello hacía que ambos ardieran vivos, no le importaría ser consumido por las llamas.

Capítulo 10

LEON había recordado.

Aquellas fueron las palabras que resonaron en la mente de Rose mientras se entregaba a su beso.

Leon recordaba aquella noche. Y él también la había deseado. Pero no lo suficiente. La había deseado, pero se había resistido a aquella atracción. Y había saciado su deseo con otras mujeres.

Experimentó una punzada de dolor en el pecho al pensar aquello, pero al mismo tiempo quiso perderse por completo en el beso que le estaba dando en aquel momento. ¿Qué más daba ya lo que hubiera pasado? ¿Qué más daba lo que pudiera pasar en el futuro?

En su noche de bodas no le rogó que acudiera a su lado porque le aterrorizó la posibilidad de que la rechazara. No quiso enfrentarse a la verdad y prefirió aferrarse a la esperanza, por escasa que esta fuera. Prefirió seguir escondiéndose, como había hecho siempre.

Pero seguir escondiéndose no le sirvió de nada. No le sirvió de nada agachar la cabeza, esperar en silencio que llegara el día en que Leon considerara conveniente ocuparse de ella.

Pero ¿por qué iba a preocuparse alguien por un pequeño y pálido crustáceo oculto en una concha, por alguien que se comportaba como si no quisiera ver la luz del sol?

Pero en ese momento sí quería ver el sol. Quería sentir la calidez de sus rayos en la piel. Allí, en aquel instante, en aquel jardín, quería que el sol acariciara su piel; que Leon acariciara su piel. ¿Qué más daban las consecuencias?

No tenía nada que perder. Le había entregado su corazón hacía años y nunca lo había recuperado. Leon la había destrozado ya tantas veces que era un milagro que el viento no hubiera dispersado sus trocitos por el espacio.

Pero no iba a permitir que eso volviera a suceder. Lo decidió en aquel instante.

Estaba decidida a ser más. A sentirse colmada. Con sus propios deseos. Con Leon. No iba a volver a ser tan insustancial como para que el viento pudiera llevársela, como para que alguien pudiera ignorarla.

Devolvió el beso a Leon apasionadamente. Fue un beso que supo a años de anhelo, de oportunidades perdidas, de pesar y dolor. Pero también hubo esperanza en aquel beso. Una esperanza por todo, pues la alternativa era seguir existiendo en silencio.

Le desabrochó la camisa y la retiró de sus hombros para dejar expuesto su cincelado torso. Apoyó la mano en el centro de su pecho y la movió sobre su cálida piel. Luego ladeó la cabeza y volvió a reclamar sus labios casi con ferocidad, mientras sentía la necesidad y el deseo recorriendo sus venas. Alzó las manos y tomó el rostro de Leon para saciar la sed que solo él podía satisfacer.

Pero, cuando bajó las manos al cinturón que ceñía

sus pantalones, Leon se hizo con el control de la situación. Con un ronco gruñido, tomó en un puño la falda de su vestido y tiró de él hacia arriba para quitárselo por encima de la cabeza.

Rose quedó expuesta a la declinante luz del día con nada más que un sujetador de encaje y unas braguitas. Jamás se habría imaginado que podría haber hecho algo parecido. Jamás.

Pero Leon la volvía loca. Y no le importaba.

Estaba poseída por los sentimientos que le inspiraba, por la necesidad y el deseo que despertaba en ella. Estaba desesperada por sentir la liberación entre sus brazos.

—No quiero hacerte más daño. No quiero volver a romperte el corazón —murmuró entonces Leon, repentinamente tenso.

—Creo que ambos estamos un poco rotos —Rose lo rodeó con los brazos por el cuello y lo atrajo hacia sí—. Tal vez por eso encajamos tan bien.

Leon le acarició la mejilla con delicadeza.

—Pero yo fui quien te rompió a ti.

Rose tuvo que luchar contra las lágrimas que afloraron entonces a sus ojos. Habría sido fácil negar aquello. Habría sido fácil absolverlo. Quería hacerlo. Al menos por tranquilizar su conciencia. Pero era cierto que él la había roto. O al menos había roto su corazón. Más veces de las que podía contar.

—Creo que necesitaba que me rompieran —dijo finalmente—. Para renacer y ponerme a luchar finalmente por mí misma, por mi vida.

Entonces le mordisqueó el labio inferior a Leon como lo hizo la última vez que habían estado juntos, cuando se pelearon, hicieron el amor, y ella lloró. Aquel día se había sentido completamente rota en su dormitorio, destrozada ante la constancia de la enésima traición de su marido.

Pero en aquellos momentos sentía que las cosas podían ser distintas, no porque el pasado hubiera desaparecido, ni porque estuvieran empezando de nuevo, sino porque sentía que estaban avanzando.

Porque los secretos habían salido a la luz y, aunque algunos de ellos se hubieran revelado como auténticos monstruos, al menos podía verlos y aprender a luchar contra ellos. Sobre todo ahora que se sentía totalmente decidida a luchar.

Miró a Leon y sonrió. Se sentía poderosa, más poderosa de lo que se había sentido nunca en su vida. Notó que los músculos de Leon se tensaban bajo sus manos y deslizó las uñas por sus abdominales, raspándole ligeramente la piel. Su expresión parecía la de un hombre labrado en piedra, tenso bajo sus caricias. De pronto, Rose se sintió poseída por el deseo de saborearlo. Se inclinó y deslizó la lengua por el centro de su estómago. Estaba hambrienta de él y no creía que pudiera llegar a saciarse nunca.

Habían hecho el amor cuando él no recordaba quién era ella. Lo habían hecho también mientras ella estaba enfadada. Pero aquello era distinto. Era distinto en todos los sentidos.

En aquella ocasión Leon no se apartó cuando empezó a desabrocharle el cinturón. En aquella ocasión permitió que se lo soltara, que le bajara la cremallera de la bragueta, que admirara su poderoso miembro, erecto y palpitante cuando surgió de sus calzoncillos.

Rose sintió que el aire de sus pulmones era sustituido por puro deseo.

Se inclinó y deslizó la lengua por su cima. Leon se tensó, la sujetó por el pelo y tiró de su cabeza hacia atrás.

–No.

–¿Por qué no?

–No me lo merezco.

–La vida no se trata solo de lo que nos merecemos. A veces solo se trata de lo que las personas quieren dar. O no. Tú nunca fuiste mi recompensa, Leon, ni yo la tuya. Esto no es una recompensa. Pero es lo que quiero, lo que deseo. Quiero saborearte. Quiero sentirme llena de ti. Déjame.

A continuación lo tomó profundamente en su boca, y el gemido de placer de Leon cuando deslizó la lengua por debajo de su miembro la recorrió como una ola.

Leon dejó una mano apoyada tras su cabeza mientras le daba placer, mientras se complacía a sí misma haciéndolo temblar de deseo, porque lo deseaba, porque hubo una época en que pudo resistirse a ella, pero no en aquellos momentos.

Lo saboreó y lamió hasta que empezaron a temblarle los muslos, hasta que todo su cuerpo tembló de placer. Y entonces, justo cuando estaba a punto de perder el control por completo, Leon le hizo retirar la cabeza, le arrancó las braguitas y la tumbó sobre la yerba.

La besó profundamente, casi con dureza, y volvió a besarla mientras unía su cuerpo al de ella penetrándola. Rose notó que había una piedrecita bajo su omóplato, y supo que le iba a dejar una marca. Pero en cierto sentido era perfecto. Porque aquello no era algo delicado. No era algo limpio. Dejaría una profunda marca en su alma, y sentía que en su piel también debía quedar alguna evidencia.

Lo rodeó con las piernas por las caderas, instándolo a penetrarla más profundamente, más rápidamente, con más dureza. Cada uno de los empujones de Leon generó una oleada tras otra de placer en su cuerpo, y se negó a permanecer en silencio, a no manifestarlo. Lo alentó a seguir, le dijo cuánto lo deseaba, cuánto le gustaba lo que le estaba haciendo.

Gimió roncamente cuando alcanzó el clímax y todo su cuerpo se estremeció mientras el placer la consumía.

Después, tumbada con Leon sobre ella, desnuda, sin sentir ninguna vergüenza, expuesta a la luz del sol, supo que las cosas ya nunca podrían volver a ser como antes. Supo que nunca volvería a ser invisible.

Allí, en el lugar en que floreció por primera vez su amor por él, había encontrado algo nuevo. El amor por sí misma, la necesidad de tener algo más que una vida alejada del mundo, de las confrontaciones que implicaba la vida real.

Leon se tumbó a su lado y apoyó la cabeza sobre un codo para mirarla.

—Es hora de comer —dijo mientras le acariciaba la mejilla—. De hecho, por eso he venido a buscarte.

—Supongo que nos hemos tomado el postre antes.

Leon se rio abiertamente, con total sinceridad, y el sonido de su risa fue un bálsamo para Rose.

—Supongo que sí —dijo a la vez que deslizaba una posesiva mano por las curvas de su cuerpo—. Supongo que deberíamos ir a la casa.

—No quiero —dijo Rose—. Quiero huir a las montañas. Así no tendremos que hacer nada. Dará igual lo que recuerdes, o lo que diga la prensa. Puedes dejarte barba y dedicarte a cortar árboles.

–¿Te gustaría que me dejara barba y me hiciera leñador? Podría hacerlo, pero creo que no deberíamos irnos a las montañas.

–¿Por qué?

–Porque nuestra casa está aquí. Nuestra familia está aquí.

Rose suspiró a la vez que un intenso anhelo se expandía por su pecho.

–Tienes razón. Está aquí.

–¿Deduzco que quieres... intentarlo?

Rose supo a qué se refería Leon. A su matrimonio. A la posibilidad de ser una familia de verdad.

–Sí –contestó con decisión–. Sí quiero, Leon.

Cuando regresaron a la casa fue la primera vez que Rose sintió que realmente era su hogar. Fue la primera vez que sintió que era la esposa de Leon.

Le memoria de Leon siguió mejorando a lo largo de las semanas, algo que resultó muy conveniente, entre otras cosas porque ya era hora de que volviera a ocuparse de su trabajo. No podía dejar su negocio abandonado y esperar que mejorara, de manera que empezó a trabajar poco a poco en casa.

De entre sus recuerdos, aquellos con los que más le costaba reconciliarse era con los que se referían a cómo había tratado a Rose durante aquellos años. Su mujer era tan preciosa, tan frágil y tan fácil de herir como la flor cuyo nombre llevaba, y no quería saber nada de volver a herir sus sentimientos.

Ya sabía lo suficiente sobre sí mismo para funcionar como Leon Carides. Lo suficiente para empezar a ocuparse de su trabajo. Lo suficiente para ser padre. Y para ser un marido. No necesitaba nada más.

Rose entró en el estudio que cada vez compartían más a menudo. Leon sostenía a Isabella en brazos mientras leía un informe en su ordenador. Se había perdido tantas cosas de su hija que trataba de compensarlo estando con ella siempre que podía.

—Había supuesto que os encontraría aquí.

—Nunca suelo estar muy lejos.

Rose sonrió con una ligera tristeza.

—Me temo que eso no va a tardar en cambiar. Pronto tendrás que acudir al trabajo y tendrás que ponerte a viajar de nuevo.

Leon frunció el ceño.

—Sí. He estado pensando en eso, y no veo motivo para que Isabella y tú no viajéis conmigo. Sé que has estado ocupada catalogando la biblioteca y los objetos de tu padre, pero supongo que ya llevarás bastante avanzado.

—Sí. Tal vez sería buena idea que te acompañáramos en tus viajes.

La oferta de Leon hizo que el rostro de Rose resplandeciera, y él sintió que su corazón se henchía al comprobarlo.

—En ese caso, ya está acordado. También he estado pensando que nunca hemos celebrado una fiesta en la casa. Sé que aún no estamos en Navidades, pero ya que voy a tener que volver a dar la cara para ocuparme de nuevo de mi trabajo, tal vez convendría dar una buena imagen. Voy a tener que esforzarme para recuperar mi prestigio como inversor. Además, está el asunto de presentar a Isabella como parte de la familia.

La expresión de dolor del rostro de Rose anuló la calidez que un momento antes había invadido el pecho de Leon.

–Claro. Tienes razón –contestó en tono práctico.

–Es una necesidad. Pero el mundo no creerá que diste a luz secretamente. Voy a tener que confesar mis indiscreciones.

Rose asintió lentamente.

–Y supongo que yo tendré que permanecer detrás de ti como una devota esposa mientras haces tu declaración.

–No tienes por qué permanecer detrás de mí. Puedes mezclarte con la gente y arrojarme tomates si quieres.

Rose negó con la cabeza.

–No pienso hacer nada que pueda perjudicar a nuestra familia. No podemos ocultar la verdad. Isabella no es mi hija. Si tratáramos de simular que lo es, la verdad acabaría por atraparnos antes o después. Nada impediría a April volver si viera la oportunidad de obtener más dinero. No parecía una mala persona, pero sí una mujer que podría encontrarse ocasionalmente en situaciones difíciles. Y no queremos dejar una puerta abierta a esa posibilidad. Decir la verdad es la única manera de seguir avanzando.

–Estoy de acuerdo. Haremos una declaración después de la fiesta.

–¿De verdad quieres organizar una fiesta?

–Sí. Con mi preciosa esposa a mi lado. Les contaré a todos lo bien que me has cuidado tras el accidente. Les diré que haber estado tan cerca de la muerte me ha hecho replantearme las cosas. Que he cambiado. Y todo será cierto.

—Pero supongo que dejarás al margen la parte de la amnesia.

—Creo que sí. Además, lo más probable es que nadie me creyera.

Rose fue a sentarse en el sofá junto a Leon y lo besó en la mejilla.

—Supongo que vamos a estar bastante ocupados organizando la fiesta.

—El servicio va a estar ocupado con eso. Yo prefiero estar ocupado contigo.

Rose sonrió.

—Creo que eso podrá arreglarse.

Capítulo 11

ROSE contempló su reflejo tras ponerse el vestido rojo que había elegido para la fiesta. A pesar de que no podía decir que le sentara mal, y de estar muy bien maquillada, siguió viendo en el reflejo a la poquita cosa de siempre, a la Rose que vivía encerrada entre sus libros.

A pesar de todo iba a tener que bajar para estar con Leon, un hombre al que a nadie se le habría ocurrido jamás calificar de «poquita cosa».

Respiró profundamente para calmar sus nervios y se dijo que todo iba a ir bien.

Aquella era su primera fiesta como matrimonio. Era el símbolo del compromiso de Leon para seguir adelante con ella, de un nuevo comienzo.

Volvió la mirada hacia Isabella, que dormía plácidamente en su cuna. Elizabetta iba a ocuparse de ella mientras se celebraba la fiesta.

En aquel momento se abrió la puerta y Leon entró en el dormitorio. Tenía un aspecto magnífico con traje y corbata, y no parecía en absoluto el hombre vulnerable y confundido que había sido durante aquellas pasadas semanas.

Su mirada se oscureció mientras contemplaba a Rose.

–Estás... No tengo palabras para describirte. Ninguna te haría justicia.

Rose sintió que sus mejillas se acaloraban.

–Gracias.

–¿Bajamos? –preguntó Leon con una sonrisa mientras le ofrecía su brazo.

El salón ya estaba lleno de invitados, de elegantes hombres vestidos de esmoquin y mujeres resplandecientes. Rose volvió a experimentar una punzada de inseguridad. Leon había dicho que no tenía palabras para describir lo guapa que estaba, pero sabía que en aquellos momentos había allí mujeres que poseían una belleza mucho más intensa y exótica que la suya.

La clase de mujeres que había solido preferir Leon.

Apartó aquellos pensamientos de su mente, diciéndose que en algún momento iba a tener que confiar plenamente en él. Los dos meses que acababan de pasar juntos habían sido como un sueño. Leon le había ofrecido su compromiso. Se lo había prometido varias veces. Pero nunca le había ofrecido sentimientos. Nunca le había ofrecido amor. Y aquello le preocupaba.

La atracción que había entre ellos se había hecho evidente muchas veces en la cama, y en otros sitios, pero ¿qué pasaría cuando eso cambiase? ¿Qué pasaría si se quedara embarazada y su cuerpo se transformara? ¿Qué pasaría cuando se fuera haciendo mayor?

Pero no podía seguir alimentando aquellos pensamientos, se dijo con firmeza. No debía centrarse en aquello. No iba a seguir dudando de Leon.

Un hombre alto y moreno se acercó a ellos con una preciosa mujer tomada del brazo. La mujer estaba visiblemente embarazada, y su aspecto era sereno y elegante. Se notaba que estaba muy enamorada de su acompañante.

–Carides. Me alegra ver que te has recuperado.

Por la expresión de Leon, Rose supo que no sabía exactamente con quién estaba hablando.

–No nos conocemos –dijo de inmediato para darle unos momentos–. Soy Rose Tanner. La esposa de Leon.

La mujer parpadeó.

–Es un placer conocerte. Yo soy Charity Amari. Y este es mi marido, Rocco.

–Encantada –dijo Rose, aceptando su mano.

–La última vez que te vi fue antes del accidente –dijo Leon, y Rose notó que su expresión había cambiado.

–Sí –dijo Rocco–. Me alegra que sobrevivieras al accidente. Aunque lo cierto es que aquel día me irritó bastante que intentaras ligarte a mi prometida, que ya es mi esposa.

Rose miró a Charity y de inmediato bajó la vista hacia su vientre. Charity se rio.

–No te preocupes. Esto fue cosa de mi marido, no del tuyo. La verdad es que no estaba tan subyugada por el tuyo como Rocco creía. Pero aquel día sí estaba enfadada con él, así que tenía motivos para preocuparse.

–Afortunadamente ya está todo arreglado –dijo Rocco con una sonrisa–. Y parece que lo mismo pasa con vosotros.

–Desde luego –dijo Leon a la vez que rodeaba la cintura de Rose con un brazo–. Algo que aprendí tras el accidente fue que estaba dando a mi esposa por sentada, cosa que no volveré a hacer nunca más.

–¿Por qué no vas a volver a darme por sentada? –preguntó Rose sin poder contenerse. Sabía lo que quería escuchar, pero no sabía por qué lo había preguntado en aquel momento. Aunque ya era demasiado tarde para echarse atrás.

–Porque eres muy importante para mí, *agape*.

–¿Por qué? –insistió Rose.

–Oh, Oh –dijo Charity con una sonrisa–. Creo que estás metido en un pequeño problema, Leon.

–Eso no es nada nuevo –contestó Leon con tranquilidad.

–Pues te sugiero que lo resuelvas cuanto antes –dijo Rocco–. Yo me alegro mucho de haberlo hecho a tiempo –añadió, y a continuación se alejó con su mujer tomada del brazo.

Los celos ardieron en el pecho de Rose como el aliento de un dragón.

–¿Te importaría explicarme exactamente cómo la conociste?

–¿Estás celosa? Sabes muy bien que fui un terrible mujeriego antes del accidente. Pero si vas a creer que cada mujer a la que saludemos ha sido...

–Tengo todo el derecho a sospecharlo. Estos últimos meses hemos estado viviendo en un mundo de ensueño, Leon. Todo ha resultado fácil porque hemos estado solos.

–No hemos estado solos. Te recuerdo la visita de una de mis exqueridas. Y no ha sido fácil.

–No lo he olvidado.

–¿Tan poco confías en mí que te preocupa el mero hecho de que haya otras mujeres cerca?

–¿Cuándo te has ganado algo más que mi desconfianza? –le espetó Rose, odiando la pequeña y malvada parte de sí misma que estaba actuando en aquellos momentos. No era más que inseguridad agitándose en su interior como un animal.

—Sé que no me la he ganado, pero alguna vez tendrás que empezar a darme al menos el margen de la duda.

—Responde a mi pregunta.

—Conocí a Charity la noche de mi accidente. Se notaba que estaba colada por Rocco, el hombre con el que ahora está casada.

—¿Y a pesar de todo trataste de ligártela?

—Más que nada para fastidiar a Rocco. Lo encuentro insufrible.

Rose bajó la mirada y permaneció en silencio. Había mujeres allí que sin duda recordarían lo que había sido estar con Leon, que lo recordarían desnudo, haciéndoles el amor. Y él también lo recordaría. Tener que soportar el mero hecho de que lo miraran estaba resultando mucho más difícil de lo que había anticipado.

—¿Y recuerdas a alguna otra? —preguntó, tensa.

—¿Quieres saber si hay examantes mías aquí? —preguntó Leon con una ceja alzada.

—Sí —siseó Rose.

—No hay duda de que has cambiado, Rose. Solías ser mucho más dócil.

—Por lo visto, estás recuperando muchos recuerdos, ¿no?

—Sí.

—Quién habría podido imaginarse que esta fiesta iba a estar tan llena de tesoros ocultos.

Leon sujetó a Rose por el brazo para impedir que se alejara de él. Luego la tomó por la barbilla.

—Lo que hemos tenido estas últimas semanas ha sido bueno. No lo estropees, por favor.

–¿Cómo puedes acusarme a mí de estropearlo? ¡No fui yo la que tuvo una ristra de amantes durante nuestro matrimonio!

–Ya sé que fui yo. Y ni siquiera lo oculté. Estoy avergonzado de ello. Pero no puedo cambiar el pasado, Rose. Si quieres seguir casada conmigo tendrás que permitir que pueda alejarme de los errores que cometí. Si vas a seguir viéndome siempre como lo que fui, nunca podré superarlo.

–Así que depende de mí, ¿no? –preguntó Rose en tono gélido.

–Sí, si quieres seguir conmigo. Si para ti voy a seguir siendo solo el hombre que te traicionó, no creo que tenga sentido continuar con lo nuestro.

Aquellas palabras golpearon de lleno el corazón de Rose.

–Lo siento –murmuró.

Se había sentido nerviosa todo el día ante la perspectiva de la fiesta. No estaba siendo ella misma. Y aquello no era justo para Leon.

–¿Puedes decirme qué te pasa? –preguntó él con ternura.

–No tenemos por qué tener esta discusión ahora.

–Yo me temo que sí. Sobre todo porque pareces muy disgustada conmigo.

–No estoy disgustada contigo. Pero... no puedo olvidar que durante los dos pasados años te encantó acostarte con todas las mujeres que hay en este salón excepto conmigo. Y sí, eso me produce una gran inseguridad. Y resulta más fácil enfadarme contigo que sentir esa inseguridad.

–Estás exagerando. No me acosté con cada mujer que hay en este salón.

–¿En serio?

– Con un tercio de ellas, tal vez. Y eso siendo generoso.

Rose se rio a pesar de sí misma.

–De acuerdo. Puede que esté siendo un poco melodramática. Pero... me cuesta creer que esto es real. Todo ha cambiado tanto... Tú has cambiado tanto... Supongo que me asusta la perspectiva de despertarme un día y comprobar que todo vuelve a ser como antes.

Leon ladeó la cabeza y la miró con ojos brillantes.

–Yo no estoy dormido, Rose. No voy a despertarme de ningún sueño.

–De acuerdo. Creo que eso lo entiendo. Pero me temo que no hay ningún protocolo establecido para enfrentarse a cosas como esta.

–Me temo que no –asintió Leon–. Y ahora, ¿qué te parece si bailamos?

Tomó a Rose de la mano y la condujo al centro de la pista de baile. Ella permitió que la rodeara con sus brazos y empezó a moverse al son de la música como si estuviera sumergida en un sueño, en un sueño de su infancia. Estaba en brazos de su atractivo marido, bailando, y pudo verse a sí misma en lo alto de la escalera, de niña, cuando solía ver a sus padres haciendo aquello mismo.

Por fin formaba parte de la vida con la que había soñado tanto tiempo. Pero faltaba una cosa para que su mundo fuera perfecto. Eso era lo que le inquietaba.

–Amor –dijo con suavidad–. Es la falta de amor lo que me preocupa. Te quiero, Leon. Te amo con todo mi corazón, y necesito que tú también me ames. Eso es lo que necesito para sentirme segura. Eso es lo que necesito para confiar. Amor.

Leon se quedó quieto, rígido, y la mirada de sus ojos oscuros se volvió hueca, vacía.

El mundo pareció desmoronarse en torno a Rose, las estrellas se extinguieron. Y ella cayó a tierra.

Capítulo 12

LEON estaba perdido en un recuerdo que se había esforzado por mantener a raya. Había sido la sinceridad de la mirada de Rose la que lo había despertado.

Estaba recordando su discusión con April un año atrás. Se había imaginado la expresión de Rose cuando le dijera que había dejado embarazada a su querida. Porque se le había ocurrido la brillante idea de endilgarle el bebé. A fin de cuentas, él nunca estaba en casa y no mantenía relaciones sexuales con ella. Pero seguro que quería un bebé.

Pero aquello tampoco podía ser, porque, si el bebé estaba en la casa, él no podría evitar acabar sintiendo algún apego por él. Y sabía por experiencia que un bebé se te metía bajo la piel y te destrozaba cuando moría.

No podía arriesgarse a tener otro bebé, y no había tenido la más mínima intención de volver a ponerse en aquella situación. Se odió a sí mismo por haber sido tan irresponsable. Pero tenía dinero y podía pagar para arreglar la situación. Podía fingir que aquello nunca había pasado.

De manera que llegó a un acuerdo con April.

Después se buscó a otra mujer. Una mujer cuyo rostro ni siquiera podía recordar. Una mujer que no era nada especial. Porque él no se merecía nada especial.

Volvió de pronto al presente y vio que Rose seguía mirándolo con expresión preocupada. Con dolor.

–¿Qué has dicho? –preguntó, aturdido.

–Que te amo. Y que quiero que tú me correspondas.

Leon vio la sinceridad que había en su mirada, la profundidad y pureza de sus sentimientos reflejadas en su límpido azul. Ella siempre había sido así, pura, verdadera. Mientras que él era solo una mentira. Nada más que una mentira. No había un gramo de sinceridad en su cuerpo. Mentía a todo el mundo. A su esposa, a sus queridas, a sí mismo.

No era nada.

Su mente había vuelto a llenarse de recuerdos, pero sus manos estaban vacías, y Rose quería que le ofreciera algo que no habría podido ofrecerle ni aunque hubiera querido.

La soltó y dio unos pasos atrás. Luego giró sobre sí mismo, salió del salón al vestíbulo, se encaminó hacia la puerta y salió de la casa. Fuera se había desatado una tormenta de verano. Miró a su alrededor, desesperado por escapar, desesperado por conseguir un aplazamiento.

–¡Leon!

Al volverse vio a Rose en el umbral de la puerta, con su pequeña silueta iluminada a contraluz desde el interior de la casa. Supo que ella era todo lo que siempre había deseado. Era calidez, luz, hogar... pero él no podía tomar nada de aquello.

–No –dijo con voz ronca.

–No te vayas, Leon.

—No podemos hacer esto.

—Claro que podemos —Rose se sujetó la falda del vestido en un puño y bajó la escalera sin preocuparse por la torrencial lluvia.

—No puedo —le espetó Leon—. He recuperado otro recuerdo. No puedo amarte. Por eso no te toqué nunca. Por eso no debía hacerlo. Por eso preferí pasar esos dos años calentando la cama de otras mujeres antes que tocarte a ti. Porque no quería hacerte daño.

—Pero me lo hiciste. Me lo hiciste desde el momento en que aceptaste casarte conmigo para luego no tocarme. Ahora es tarde para pretender que casarte conmigo fue una especie de autosacrificio. Puede que te sintieras culpable, pero sabías que me ibas a hacer daño.

—Pensé... que tal vez podría tenerte. Que podría mandar mi conciencia al diablo y tener lo que me apetecía. Te deseaba, pero, de haber sido solo una cuestión de atracción, te habría tomado aquel día en la rosaleda. Pero era más que eso. Tu padre confiaba en mí, pero yo sabía que nunca podría darte lo que necesitabas.

—¿Y creías saber lo que necesitaba?

—Sí. Quieres amor. Quieres cosas que nunca podré darte.

—Pero las cosas han cambiado, Leon. Ahora tienes a Isabella... me tienes a mí...

—Mientras bailábamos he recordado. He recordado el día en que April vino a decirme que estaba embarazada. No pude soportar la idea de tener que responsabilizarme de algo así. Mi vida era perfecta. A pesar de estar casado, vivía como un soltero y hacía lo que me daba la gana. Tú eras una esposa a la que no tenía por qué ver, con la que no tenía por qué hablar. Ya que no te iba a dejar embarazada, pensé incluso en entregarte el bebé, aunque luego supuse que no asumirías la propuesta precisamente con agrado.

—Leon...

—Todo empezó con el dolor, con el pesar de la pérdida, pero acabé por convertirme en un hombre frío, egoísta, y para cuando rechacé el hijo de April eso era lo único que me guiaba en la vida. Había perdido la capacidad de amar. No sentí ninguna tristeza cuando renuncié a mis derechos. ¿Amor? No amo nada ni a nadie. Nunca seré capaz de amarte.

—Pero yo sé que me quieres, Leon.

—No. No te quiero.

—Pero estos meses pasados...

—Empezamos a tener relaciones cuando yo aún no había recuperado la memoria. No sabía quién eras tú ni quién era yo. Pero ahora lo sé. Soy un hombre demasiado destrozado como para poder volver a querer a nadie. Puedo prometerte fidelidad, pero no puedo ofrecerte amor.

—Una promesa no significa nada sin amor.

—En ese caso es tu decisión, Rose. No puedo hacerte cambiar de opinión.

—¿Me estás diciendo que debo limitarme a creerte? ¿Sin nada más que tu palabra?

Leon vio en aquel instante la oportunidad de hacer lo correcto por primera vez en demasiados años. Contempló el precioso rostro de Rose y lo memorizó. Memorizó cada curva, cada detalle. Memorizó el color exacto de sus ojos, la profundidad con que lo estaban mirando. Con esperanza. Con amor.

–Tienes razón en no confiar en mí. Pocas cosas me importan menos que la verdad. Sé quién soy. Soy Leon Carides. Nací en Grecia, odié la vida de pobreza que me tocó en suerte y entré aquí clandestinamente. Seduje a una chica de una buena familia, prometí que cuidaría de ella, y en lugar de eso destrocé su vida. Me casé con la hija de mi mentor sin tener intención de cumplir mis votos. Tuve una hija con una amante a la que apenas conocía y acumulé engaño tras engaño sin molestarme en ocultárselo al mundo, a mi esposa. Ni siquiera sé cuál es la verdad. Y mucho menos el amor.

–Yo quiero enseñarte lo que es –murmuró Rose, aún esperanzada.

–Pero yo no seré capaz de aprenderlo.

–Una vez te dije que estabas pidiendo lo imposible de mí. Y tú dijiste que algún día yo podría pedirte que hicieras lo mismo por mí. Y que lo intentarías. ¿Por qué no lo intentas?

Algo se rompió dentro de Leon. O tal vez ya estaba roto.

–Porque no quiero hacerlo.

Rose permaneció un instante donde estaba, quieta. Luego se volvió y se alejó de Leon, dejándolo solo bajo la lluvia.

Lo dejó con todos sus recuerdos, con todo su dolor.

Y simplemente siguió donde estaba, anhelando aquel momento en el que lo único que había tenido en la cabeza habían sido los ojos de Rose. Entonces solo habían estado ella y él, y amarla había sido a la vez sencillo e instantáneo.

Y lamentó no poder volver a ser aquel hombre destrozado en la cama de un hospital, con el único recuerdo de los ojos azules de su mujer en la memoria.

Rose se alejó corriendo bajo la lluvia. No se sentía capaz de regresar a la fiesta, de manera que siguió corriendo hasta llegar a la rosaleda. Una vez allí se arrodilló ante el banco de piedra, sin preocuparse por su vestido.

Sentía un terrible vacío en su interior, una sombría desesperanza. Se sentía totalmente sola.

Se estremeció a causa del frío y del pánico.

Aquello era lo que más temía. Estar sola. Exigir tanto de otra persona que esta acabara decidiendo que ella no merecía la pena el esfuerzo. Por eso nunca había exigido a su padre que le prestara atención. Por eso se había limitado siempre a representar el papel de hija sumisa y solícita. Por eso no había exigido nunca a Leon que la tratara como a una auténtica esposa.

Siempre había sentido que a ella le faltaba algo que todos los demás parecían poseer. Una chispa que era incapaz de encender dentro de sí misma.

Y, cuando por fin lo había intentado, cuando finalmente había pedido lo imposible, Leon no había sido capaz de dárselo.

Sintió que algo se estaba expandiendo en su pecho, la rabia, la desesperación, que algo estaba cambiando en su interior, tal vez porque estaba allí sola, sin tener que amoldarse a la presencia de nadie.

Jamás se había comportado como si se considerara una persona que mereciera la pena. Se había ocultado, había permanecido callada, pálida. Fue fácil imaginarse que podía superar aquello cuando Leon la besó y le hizo el amor en aquel mismo jardín, mirándola con verdadera pasión. Pero resultaba mucho más difícil hacerlo frente a la mirada fría y desapasionada que le había dedicado hacía unos momentos.

Pero aunque Leon pensara que ella no merecía la pena, aunque su padre nunca lo hubiera pensado... ella sí pensaba que merecía la pena.

En aquel momento comprendió con absoluta certeza que era así. Si quería ser una buena madre para Isabella no podía enseñarle que una mujer debía retorcerse y adaptarse constantemente para acomodarse a otras personas en su vida. No quería que su pequeña agachara la cabeza ni una sola vez en su vida, y ella no sería capaz de enseñarle aquello si no era capaz de vivir su propia vida de aquella manera.

Se levantó del suelo, abrió los brazos y alzó el rostro hacia el cielo. Su vestido estaba destrozado, su matrimonio estaba destrozado. Pero su vida no.

Su vida sería lo que hiciera de ella. Quería amor. Se merecía amor. Y Leon no tenía por qué definir ese amor. Sabía que probablemente siempre poseería su corazón, y dudaba de que aquello pudiera cambiar. Pero sí tenía que cambiar su forma de enfrentarse a aquella realidad.

Lo que verdaderamente le preocupaba era cómo afectaría aquello a su relación con Isabella. Había llegado a querer a la hija de Leon como si fuera suya. Y Leon también la quería, y quería que tuviera una madre. Estaba segura de que podían llegar a un acuerdo al respecto.

Sabía que tendría que dejar atrás su casa, pero lo

haría. Había llegado el momento de madurar, de dejar de vivir en el pasado, de dejar de esperar que sus fantasías se hicieran realidad.

Era hora de avanzar sabiendo que se lo merecía.

Lo creyera o no Leon, ella lo creía, y eso era lo único que importaba.

Capítulo 13

LEON estaba solo en su cuarto, sentado en el borde de la cama, desolado.

Ni su supuesta valentía, ni su fuerza, ni todo su dinero habían bastado para comprarle un alma de verdad, para alejar el intenso miedo que había dominado su vida.

Había tenido tanto miedo que incluso había negado la existencia de su propia hija.

Se levantó de repente y salió al pasillo. Mientras avanzaba por él hacia el dormitorio de Isabella sintió que el terror, su viejo amigo, le atenazaba el corazón.

Entró en el dormitorio y, con una enloquecedora mezcla de intenso amor y pavor apoyó la mano en la diminuta espalda de su hija. Un profundo suspiro escapó de su garganta al sentir su calidez, al sentir que estaba respirando.

Podría haber llorado de puro alivio.

Tomó a la pequeña en brazos y la estrechó contra su pecho. Isabella hizo unos deliciosos ruiditos mientras se acurrucaba contra él para seguir durmiendo. Leon aspiró con fruición el aroma que solo podía emanar de un bebé y la miró embelesado. Había llegado a creer que jamás volvería a sentir aquello. No había querido volver a sentirlo. El precio podía ser terrible.

Pero en aquel momento pensó que tal vez podría merecer la pena correr el riesgo. No se podía tener algo tan maravilloso sin correr ningún riesgo.

Se sentó en la mecedora que había en un rincón de la habitación, algo que nunca había hecho con Isabella. Lo había hecho con su hijo, años atrás. Lo había acunado en una mecedora parecida y le había cantado canciones muy probablemente inapropiadas para un bebé, pues no conocía ninguna nana. Porque había sido padre a los diecisiete años.

Su hijo, su precioso hijo. Jamás se había permitido volver a pensar en él. Había enterrado en un profundo pozo en su interior su recuerdo, su amor por él, su profundo y terrible dolor.

Pero estaba seguro de que si nunca permitía salir aquellos sentimientos jamás volvería a experimentar nada verdadero. Los pasados dieciséis años de su vida eran prueba de ello.

Tenía que superar todas sus mentiras para poder volver a vivir algo real, tangible.

Le había dicho a Rose que estaba vacío por dentro. Se lo había dicho a sí mismo. Que no podía amar, que no podía sentir nada más allá de su tumefacto corazón.

Pero el problema residía en que sí sabía lo que era el amor. Y también conocía su precio.

Y por ello había perdido a Rose. Por ello le había hecho tanto daño. Daba igual que hubiera tratado de evitar sentir algo por ella. Era demasiado tarde. Sintió algo por ella desde el momento en que la tomó por primera vez en sus brazos la noche de su baile de fin de curso.

Y ese era el motivo por el que, cuando había huido de ella, lo había hecho con tal intensidad.

Y aún seguía huyendo. Todos aquellos años después.

–Creo que ha llegado el momento de parar –murmuró roncamente en medio del silencio reinante en la habitación.

Habían acordado un encuentro para hablar sobre la custodia de Isabella. Rose no había visto a Leon desde hacía una semana. Tampoco había visto a Isabella, y se sentía muy entristecida por ello. Su apuesta por la independencia, por recuperar su autoestima, estaba teniendo un alto precio. Y aún no sabía si al final merecería la pena.

Experimentó una oleada de tristeza al entrar en su antigua casa. Sabía que podía recuperar su vida si estaba dispuesta a vivirla sin amor, pero era consciente de que si aceptaba aquella situación jamás volvería a levantar la cabeza.

Parpadeó mientras subía las escaleras, camino del estudio de Leon. Estar haciendo aquello era como someterse voluntariamente a la tortura. Pero merecía la pena hacerlo por Isabella.

Cuando entró encontró a Leon sentado tras su escritorio. El impacto de volver a verlo fue tal que tuvo que obligarse a apartar la mirada.

–Espero que podamos tratar este asunto de forma civilizada –dijo.

–¿Te preocupa que pueda reaccionar de forma poco civilizada?

–Puede que lo que me preocupe sea mi reacción.

–Siempre has sido una persona civilizada.

–Sí –Rose volvió a mirar a Leon–. Y ya estoy harta de serlo. Estoy harta de fundirme con el mobiliario, de adaptarme a ti, de limitarme a esperar que las cosas pasen, de ser tan callada, tan buena...

–No eres tan callada ni tan buena. Si lo fueras seguirías aquí conmigo.

–Sí, claro. Calentando tu cama y apartándome de en medio cuando decidieras calentar la de alguna otra –le espetó Rose a pesar de sí misma.

–Nunca dije que no fuera a serte fiel –Leon carraspeó antes de continuar–. Pero no hemos quedado para discutir de eso.

–Hemos quedado para hablar de la custodia de Isabella.

–No. Te mentí. Te pedí que vinieras porque quería darte algo.

Rose parpadeó rápidamente.

–¿Qué?

–Todo –Leon empujó unos papeles hacia ella sobre el escritorio–. La casa. La empresa. Sin condiciones. Amas esta casa y la empresa siempre debió ser tuya.

–Pero no puedes... He sido yo la que te ha dejado, lo que significa...

–Tu padre me pidió que cuidara de ti y fallé estrepitosamente. Me dije que manteniéndome alejado de ti te estaba protegiendo, cuando en realidad me estaba protegiendo a mí mismo. Este es tu hogar. Ya te he robado demasiadas cosas. Pero juro que te seré fiel si vuelves a aceptarme.

Rose dio un paso atrás al escuchar aquello.

–No... no sería capaz de volver a pasar por lo mismo.

–Te lo estoy dando todo, y también mi palabra. ¿Por qué no quieres creerme?

–No se trata de creer en ti, sino de creer en mí misma. ¿Qué dirías si Isabella quisiera casarse con un hombre que no la amara?

Leon se quedó momentáneamente perplejo.

–Le diría que se mantuviera alejada de cualquier hombre que no la apreciara como el tesoro que es.

–¿Y crees que yo debería haberme conformado con menos?

–Soy un cobarde, Rose. Quería tenerte, pero no a costa de volver a abrir mi corazón al amor, al dolor. Pero no puedes imaginarte cuánto deseaba ser capaz de aceptar el amor que veía en tus ojos cada vez que me mirabas.

Leon aún no se había movido de detrás del escritorio, y Rose permaneció donde estaba, incapaz de moverse por temor al rechazo. Se había pasado la vida huyendo del rechazo de los demás, de algo que ni siquiera tenía por qué resultar fatal. Pero lo que temía Leon no era el rechazo, sino la pérdida. Se había pasado la vida huyendo de volver a sentir el dolor que implicaba la pérdida.

–He tenido que verme reducido a la nada para comprender con exactitud de qué estaba huyendo –continuó Leon–. Cuando todo se esfumó, no quedó nada más que la verdad. No había nada excepto tú. Y entonces pude amarte fácilmente. No habiendo pasado era fácil amarte.

Rose sintió que se le encogía el corazón al escuchar aquello.

–No, por favor. No me atormentes diciéndome que pudiste amarme mientras no recordabas quién eras.

–No trato de atormentarte. Quiero que sepas la verdad. Todos estos años... todo este tiempo... fueron las cosas rotas en mí las que me mantuvieron alejado de ti. Fue el destrozo que había en mi alma. Pero había una parte de mí que te reconoció desde el primer instante, que reconoció que tú eras mi verdad. Que tú eras mi vida. Pero hui de ello espantado. Porque me aterrorizó lo que pudiera suceder si volvía a querer, a tener esperanzas. A amar. Y cuando desperté en la cama de ese hospital en Italia ya no tenía miedo. Te tenía a ti. Y era libre para tenerte.

–Pero ahora has vuelto a recordar, así que todo eso no sirvió para nada.

–Claro que sirvió –dijo Leon enfáticamente–. Sirvió para todo. Porque antes me había mantenido protegido. No quise tocarte por el enloquecido instinto de conservación que me dominaba. A pesar de que tenía la fantasía de lo que podría ser tenerte, no tenía el conocimiento, la experiencia. Pero ahora la tengo. Cuando todo el miedo desapareció te reclamé. Y eso es un hecho. En realidad, me olvidé de mí mismo hace dieciséis años, no hace dos meses. Me perdí en mi dolor. Y no quiero volver a olvidar, Rose. No quiero que mi destrucción sea el único legado de un hijo al que tanto quise. No quiero que mi legado para ti y para mi hija sea el hombre que fui.

Rose tuvo que esforzarse para respirar, para no ceder a la esperanza que estaba embargando su corazón.

–No tiene por qué ser así si no quieres.

–Siempre tendré miedo. Siempre tendré miedo de perderte. Y en lo referente a Isabella siempre tendré miedo a los peligros que acechan en cada esquina de la vida. Porque de eso se trata el amor en gran medida, y yo había olvidado lo verdaderamente hermoso que puede ser. Jamás me permití volver a recordar a Michael con la más mínima sensación de alegría. Es difícil. Es difícil recordar algo que has perdido. Pero era una criatura maravillosa y es así como debería recordarlo. Debería recordar así la época que pasé con él.

—No hay una forma adecuada de enfrentarse a algo así, Leon.

—Pero sí hay formas equivocadas de hacerlo. Casarte con una mujer, desear tenerla sin en realidad preocuparte por ella, traicionarla en todos los sentidos... He sido un terrible cobarde —repitió Leon—. Y tú... tú has sido valiente. Te esforzaste y luchaste por nosotros. Me exigiste que reaccionara y yo no quise hacerlo. En realidad no te he pedido que vinieras aquí para hablar de la custodia, ni para entregarte la casa y la empresa.

—¿Qué quieres decir? —preguntó Rose con suavidad.

—He concertado esta cita porque necesitaba pedir lo imposible de ti una vez más.

La esperanza, el dolor y la alegría se adueñaron de Rose en igual medida al escuchar aquello.

—No hace daño pedir —murmuró.

—Soy un hombre sin nada. Estar conmigo no te dará nada. Los papeles están firmados. La casa y la empresa son tuyas. No tengo nada que ofrecerte excepto a mí mismo, y sé que es una oferta lamentable. Pero necesito pedirte esto: perdóname, por favor. Dame una segunda oportunidad.

Rose tuvo que esforzarse para no lanzarse por encima del escritorio y acabar entre los brazos de Leon.

—¿Por qué? ¿Por qué iba a darte una segunda oportunidad? —preguntó, temblorosa—. La casa y la empresa no significan nada para mí. Estaba dispuesta a dejarlo todo atrás. No lo quiero. Lo único que me importa es tu corazón. ¿Estás dispuesto tú a devolverme lo imposible?

Leon rodeó el escritorio para situarse ante ella y tomarla de la mano.

–No –dijo, mirándola con intensidad–. No estoy dispuesto.

–Oh –fue todo lo que pudo decir Rose, perpleja al escuchar aquello.

–Porque amarte nunca ha sido imposible. Y nunca debería haber permitido que sintieras algo así.

–Disculpa, pero creo que vas a tener que ser un poco más explícito.

–Te quiero, Rose. Cuando todo en mi interior no era más que una mentira, tú eras la única verdad. Cuando no conocía nada, te conocía a ti. Cuando perdí el contacto con el hombre que era, el hombre que te quería, tú me ayudaste a regresar a casa. Te amaba, pero me asustaba hacerlo. Pero ahora te amo sin miedo, sin reservas. Necesito amarte como necesito respirar, y necesito que tú me correspondas.

Una lágrima se deslizó por la mejilla de Rose mientras sentía que los oscuros nubarrones que atormentaban su alma daban paso a un cielo azul, cristalino, cargado de esperanza. Una esperanza más poderosa que el temor, que la rabia, que el dolor. Aquel era el momento de decidir si quería permanecer a salvo, pero herida, escondiéndose en la oscuridad, o si quería salir a la luz y abrazar el perdón, la redención, el amor.

Pero no había duda posible. Porque todo lo que había anhelado siempre estaba allí, ante ella, y solo tenía que alargar la mano para tomarlo.

–Oh, Leon, yo también te amo –lo rodeó con los brazos por el cuello y lo besó en la mejilla, en la mandíbula, en la comisura de los labios–. Te amo con todo mi corazón.

–¿Y crees que podrás confiar en mí? Porque no tienes motivos para hacerlo.

–Eso no es cierto. A pesar de todos tus pecados, nunca me mentiste.

–Excepto cuando hice mis votos al casarnos.

–Sí, eso estuvo mal. Pero, dadas las circunstancias, no tuviste más opción que casarte conmigo debido a la lealtad que sentías por mi padre –Rose carraspeó antes de continuar–: Yo nunca acudí a ti a pedirte lo que quería. Y nunca te he confesado que justo antes del accidente iba a pedirte el divorcio.

Leon dio un paso atrás al escuchar aquello.

–¿En serio?

–Sí. Creí que estaba siendo valiente, que separándome de ti me demostraría a mí misma que quería seguir adelante con mi vida. Pero en realidad estaba huyendo. O huía, o me escondía. Pero nunca fui capaz de expresarte lo que de verdad sentía, lo que quería.

–Pídemelo ahora –dijo Leon mientras la tomaba entre sus brazos–. Pídemelo ahora.

–Sé mi marido. En todo el sentido de la palabra. Ámame. Ama a nuestros hijos, e incluyo a Isabella entre ellos. Sé fiel.

–Lo juro –contestó Leon–. Seré tu marido, te seré fiel, y lo seré gustoso. Elegiré a diario el amor por encima del miedo y, si algunos días me cuesta más que otros, acudiré a ti para contártelo, para que me ayudes.

–Y yo acudiré a ti. No pienso permanecer en silencio cuando quiera algo de ti.

–Bien.

–Puede que convierta tu vida en un infierno –dijo Rose con una sonrisa.

Leon la tomó por la barbilla y deslizó el pulgar por su mejilla con delicadeza.

–El único infierno que puedo imaginarme es una vida sin ti.

Epílogo

LEON volvió a casarse con Rose al año siguiente. La boda fue totalmente distinta a la que había tenido lugar tres años antes, cuando una joven pálida e insegura de sí misma había avanzado hacia él por el pasillo de la iglesia, consciente de que se estaba entregando a un hombre que no la amaba.

Las cosas habían cambiado. Él había cambiado.

En esa nueva ocasión, Rose no llevaba el rostro cubierto por un pesado velo. Llevaba el pelo suelto, con una corona de flores rosas que añadían un delicado brillo a su pálida belleza rubia.

Llevaba un vestido sencillo, largo y flotante en torno a sus pies. Estaba radiante. Y, si alguien hubiera preguntado, Leon habría dicho sin el más mínimo atisbo de duda que Rose Tanner era un ángel. Su ángel.

Rose lo había salvado. De su dolor, de su profundo y arraigado pesar. De la soledad. Y, sobre todo, de sí mismo.

En aquella ocasión, los votos que hizo los había escrito él mismo. Eran unos votos que no procedían de la tradición, sino de su corazón.

—Ya te hice unas promesas en otra ocasión, Rose, pero eran promesas vacías. Y no las cumplí. Pronuncié las palabras, pero nada más. Pero ahora quiero pronunciarlas y honrarlas. Tú eres el motivo de que mi corazón siga latiendo. Tú eres la razón de mi existencia, de mi amor. Te prometo mi vida, mi amor, mi fidelidad. Sé que nunca habrá felicidad para mí al margen de esto, al margen de nosotros. He pasado años desperdiciando lo que podríamos haber tenido. Recibí un maravilloso regalo del destino, pero estaba demasiado perdido como para apreciarlo. Pero ahora lo sé. He visto la muerte de cerca, Rose. La he vivido. Y después he llevado una vida que solo consistía en respirar, nada más. Pero ahora tú eres la vida para mí. Mi vida. Mi aliento. Mi verdad.

Cuando terminaron de pronunciar sus votos, Rose se volvió, tomó a Isabella de brazos de la dama de honor y la estrechó entre sus brazos mirándola con infinita ternura.

–Y también prometo amarte a ti, pequeña –murmuró, emocionada–. Somos una familia.

Después hubo fiesta, tarta, baile. Y la niñera tuvo que ocuparse de llevar a su cuarto a una malhumorada Isabella.

Pero Leon y Rose permanecieron bailando hasta la última canción, abrazados, mientras la música los envolvía y el mundo, las personas que los rodeaban y el pasado se desvanecían a su alrededor.

Y lo único que pudo ver Leon en aquellos momentos fueron los maravillosos ojos azules de Rose, colmados de amor, de esperanza.

Ella tendría que compensarle por el fiasco de la boda… convirtiéndose a cambio en su amante

«Puedes besar a la novia». Mikolas Petrides se aseguró con cinco palabras una fusión empresarial vital y consiguió finalmente retribuir a su abuelo por haberle rescatado de los horrores de su infancia. Pero, cuando levantó el velo de su novia, ¡no era la mujer que estaba esperando!

Viveka Brice haría cualquier cosa para proteger a su hermana pequeña, incluso fingir una boda con un desconocido. Una vez descubierto el engaño, salió huyendo, pero pronto se vio cara a cara con Mikolas, un hombre que siempre conseguía lo que quería.

UN SECRETO TRAS EL VELO
DANI COLLINS